Abendteuer des Entspekter Bräsig

Fritz Reuter

Impressum

Autor: Fritz Reuter
Umschlagkonzept: toepferschumann, Berlin

Verlag: tradition GmbH, Hamburg
ISBN: 978-3-8424-1088-6
Printed in Germany

Text der Originalausgabe

Fritz Reuter

Abendteuer des Entspekter Bräsig, bürtig aus Meckelborg-Schwerin, von ihm selbst erzählt

Hochgeehrtester Gönner und Freund!

Besinnen Sie sich wohl noch auf mir und auf dem Anfange unserer edelmütigen Freundschaft? – Es war auf dem Sommermark zu Wahren vor ein Jahrener zwanzig. – Ich habe meinen mir zugeschworenen Anteil unserer Freundschaft redlich gehalten, indem ich Ihnen Beweise davon in Worten und auch in Substanzen zukommen ließ. Ich tat dies ohne Eigennützlichkeit, und dabei hätt's denn auch sein Bewenden gehabt; aber die Schlechtigkeit und die Hinterlistigkeit und die Heimtückschichkeit miserabler Mitmenschen zwingen mir dazu, Ihnen um Hülfe in meinen Nöten anzurufen. Und worüm? – Steffanen von Mederitz un mir haben sie in unserer Gegend höllischen auf den Zug gekriegt mit allerlei spitzfindige Redensarten und Foppereien; Steffanen mit seine Rambulljetts aus die Lüneburger Heide un mir wegen eine dämliche Judengeschicht, wo ich so unschüllig an bin wie eine Neugeburt. Dies mir betreffende letztere soll sich von einen dummen Schnack von einem Gewissen herstammen, der mit gedruckte Lügen die Leute unter die Augen geht und der auf der offenbaren Kegelbahn erzählt haben soll, sie hätten mir in Berlin grün angemalt und mir danach in den großen Affenkasten in dem zotologischen Garten gesetzt. Dieses will ich nicht für mein Voll haben, und wenn ich auch kein Fomilienvater und gekränkter Ehemann bin, so gereichen mir solche ausgestunkene Historien doch zum großen Treff-Coer, indem daß ich, obschonst ein alter Junggesell, doch noch lange nicht for einen Affen passieren will. Erst wollte ich die Spötter puncto cichuriarum verklagen; es ist mir aber dabei eingefallen, daß dann die Kosten auf jeden repariert werden möchten, was mich sehr störend wäre, vermöge meiner übrigen vielen Ausgaben diesen Herbst. Und so bin ich denn auf Ihnen verfallen, daß Sie die Geschichte – und was daran herumbammeln tut – zu meiner Ehrenrettung drucken werden lassen möchten, wie sie wirklich passiert ist.

Die Sache ist nämlich so:

Ich bün von meine hochgräfliche Herrschaften aus meinem Verhältnis als praktiver Ökonomiker entlassen, nicht etwa wegen unbestimmter Geld- oder Kornrechnung, sondern wegen der Gicht oder, wie sie auf Hochdeutsch sagen, wegen dem Podagra. Ich habe mir in meinem langjährigen Verhältnis eine Kleinigkeit verdient, auch mit Pferdehandel, und dazu kriege ich eine kleine Pangsionierung und zwölftausend Torf, den ich aber nie kriege; denn worum? Mein Nachfolger als Entspekter wirtschaftet nach einem ökonomischen Kalender, und dies dumme Kreatur besagt for den November: »Schöne Zeit, Brennmaterial einzufahren.« Nu frag ich jeden gebildeten Menschen, ob Torf im November noch for Brennmaterial gelten kann? – Sie haben's auch mal versucht und wollten ihn einfahren, sie mußten ihn aber mit Worpschüppen aufladen von wegen der Nassigkeit. Ich bin also unschuldigerweise aus dem Dienst gekommen, denn for die Gicht kann ich nicht, die hätte ich mir nämlich schon in der Jugend zugelegt, als ich noch Schaaf hütete, denn dazumalen wurden die alten Schnucken schon des Frühjahrs in den ersten Andäu ausgetrieben, was meines Wissens die schönste und paßlichste Witterung for die Gicht ist. Nun is das anders; nu hüten die Schäfer blos ins Trockene un in der Warmnis, un die alten Schnucken werden wie Prinzessinnen aufgewartet; sie sagen ja, Steffan will for seine Rambulljetts Regenröck und Unterhosen machen lassen. Es ist möglich, daß sich das lohnt; aber ich muß die Geschichte erzählen; also:

Ich steht eins 's Morgens vor der Tür und rauch Toback und kuck ins Wetter, denn was soll ein alter, immeritierter Entspekter anders anfangen, da kommt ein Wagen angefahren mit einem Bläßten vor. Ich seh den Bläßten nachdenklich an und sag endlich zu mir: »Dieser Bläßte muß aus deiner Bekanntschaft sein. – Das ist am Ende Moses Löwenthalen seiner.« Und richtig, die Sache hatte einen Grund, denn Moses Löwenthal saß auf dem Wagen.

Als er rankommt, sagt er: »Gun Morgen, Herr Entspekter Bräsig«, sagt er. – »Gun Morgen, Moses Löwenthal«, sag ich. – »Herr Entspekter«, sagt er, »'s ist mir 'ne große Ehre, Ihnen schon so zeitig zu treffen, ich hab' ne Bitt an Ihnen.« – »Wo so?« frag ich. – »Es wird Ihnen nicht unbewußt sein«, sagt er, »daß heut in Bramborg Wullmarkt is, und wir haben von's große Haus Meier und Co. in Hamborg große Pöste in Kummischon übernommen, und mein Bruder, was sonst in Perdukten macht und en Wullkenner is, hat 's kalte Fieber, und heute is sein schlimmer Tag.« – »Schön«, sag ich. – »Den Deuwel schön!« sagt er, »denn ich versteh nichts von der Boniteh von der Wull, ich bin for gewöhnlich for die Bücher; und wir sind in der größten Verlegenheit, und wir haben an Ihre Menschenfreundlichkeit gedacht, daß Sie als kenntnisreicher Mann in Wullsachen kommen würden, uns zu helfen bei's Geschäft.« – »So?« sag ich und kuck ihm an. »Natürlich«, sagt er, »gegen Diäten.« – »So?« sag ich und kuck ihm noch mal ernstlich an. – »Natürlich«, sagt er, »gegen 'ne Provision; und heut abend sind wir wieder hier.«

Und, sehn Sie, so perschwadierte mir dieser drehbeinige Judenbengel zu en Stück ausgesuchte Dummheit; ich geh in meine Stube, zieh mich Stiebel an – denn for gewöhnlich geh ich zu Haus' auf Toffeln –, steck Stahl und Stein in die Tasche und setz mich bei das hinterlistige Kreatur auf den Wagen und sag noch zu ihm: »Heute abend sind wir also doch wieder zu Hause?« – »Ja woll«, sagt er und sieht mir frech dabei an; und ich Unschuldslamm muß den Karnalljen trauen.

Wir fahren also nach Bramborg. Als wir da ankommen, sagt Moses Löwenthal: »Herr Entspekter, wo is es mit Ihnen? Ich for mein Part kehr bei Bäcker Zwippelmannen ein, denn ich bün ümmer da angekehrt.« – »Moses«, sag ich, »tun Sie das. Die Gewohnheit is das halbe Leben; ich habe hier in Bramborg immer im goldenen Knop meine Niederkunft gehalten; ich geh in den goldenen Knop.« – »Schön«, sagt er, »denn treff ich Ihnen da, wenn ich mich ins Geschäft einlasse.« Und ich geh.

Knappemang daß ich in den goldnen Knop meinen Eintritt nehme, seh ich Christian Knollen und Jochen Knusten und Johann Knüppeln, die sitzen da und trinken Panchamber, und Knoll, was ein zuvorkommender und höflicher Mann is, ruft, als er mir ansichtig wird: »Unkel Bräsig«, ruft er, »wo karrt Ihnen der Deuwel hier her? – Markür, ein rein Glas for Unkel Bräsigen!« – Na, der bringt denn auch ein Glas und setzt mir en Stuhl hin und sagt höflich: »Prenneh Platz!« – Ich nehme also Anteil an der Sitzung, und Knust sagt: »Bräsig«, sagt er, »seid Ihr hier auf Vergnügung?« – »Ne«, sag ich, »ich bin hier auf Diäten«, und erzähl ihnen mein Verhältnis mit Moses Löwenthalen. »Markür!« ruft Johann Knüppel, der immer voll plaisierliche Witzen steckt, »noch zwei Potteljen auf Bräsigen seine Diäten.« – Na, der bringt sie, und wir geben unsern Affen Zucker und werden fidel wie die Meikäwer um Pfingsten, und Knoll fängt schon an: »So leben wir, so leben wir«, da kommt Moses Löwenthal rein: »Herr Entspekter Bräsig – Diener, meine Herrn! –, 'ne Partie von zweihundert Zentnern...«, aber mit seine Anrede konnte er hier natürlich nicht zustande kommen, denn Johann Knüppel, der steckte voll allerhand verfluchte Witzen und ging mit ein volles Glas auf ihm los und sagte: »Moses Löwenthal, hol mich dieser und jener! Ihr seid der nobelste mosaische Glaubensgenosse, der mir aufgestoßen is, und das nächste Jahr kriegt Ihr meine Wolle, nu kommt aber her und trinkt ein Glas Jubb.« Moses Löwenthal is keiner von den Juden mit Kalbfellen und Kuhhörnern und Hammelbeinen, sein Geschäft is Wolle und Rapps und Kleesamen, kauft auch Erbsen, wenn sie gut sind; er wird der »raiche« beigenannt und kriegt alle Augenblick Briefe aus Hamborg und London, er hat Bildung und weiß sich in 'ner gebildeten ökonomischen Gesellschaft zu benehmen. Sehn Sie, nimmt also richtig das Glas und macht en Diener: »Sangteh, meine Herren!« und trinkt. Christian Knoll versteht kein Französisch, aber er versteht Spaß und sagt: »Was hier Tee? Moses, dies ist das richtige Rappswasser! Hier ein Glas auf Eure Blümchen!« – Und Knust trinkt mit ihm auf seine kleine israelitische Nachkommenschaft, und so trinken sie ihm alle auf dem Leibe.

Moses Löwenthal hat en guten Kopp for die Bücher, aber man en swachen for geistreiche Getränke; er wird also lustig und noch lustiger und entschlägt sich ganz das Geschäft. »Moses«, sag ich endlich, »ich bin zwarsten nicht als Vormund von Sie angaschiert, aber dennoch, wenn wir noch wollen, denn wollen wir jetzt, denn nachher wird's dunkel in dem Magazin, oder wenigstens wird's dunkel vor unseren Augen.« – »Wahrhaftig, Sie haben recht«, sagt Moses und steht auf und stellt seine an sich schon falsch eingeschrobenen Beine so kreuzweis, daß der größte Kunststückmacher da nicht hätte aufstehen können, verliert natürlich die Blansierung und setzt sich mit einer Nachdrücklichkeit auf sein System, daß ich denke, dies muß vor die Hunde gehn oder auch der Rohrstuhl. Ich spring also zu: »Moses«, sag ich, »haben Sie sich was verstaucht?« Er lächelt mir aber mit 'ner großen Zutraulichkeit an und sagt mit freundlicher Wehmütigkeit: »Noch en bißchen warten.« – Na, die andern lachen, und Knüppel macht wieder ein paar kapitale Witze, und Moses wunkt den Markür und faßt ihn um und sagt: »Bocherleben, noch ein paar Potteljen von das.« – Die werden denn nun auch gebracht und werden konsumtiert, da kommt Moses sein Kutscher in die Stube hinein zu stehn und sagt: »Herr Löwenthal, wir müssen nach Haus', denn 's is Schawwesabend, und die Stern werden bald am Himmel stehn.« – Moses stellt sich wieder auf seine kreuzweisen Beine und fällt wieder retour: »Jochen, noch en bißchen warten.« Und ich geh raus mit Jochen und sag: »Jochen«, sag ich, »in Ermangelung dessen wär's wohl am besten, du fährst nach Hause und sagst, wir säßen hier zu stark in der Wolle und ins Geschäft, und wenn wir kämen, kämen wir morgen mit der Post, und von das andere wird nichts nich gesagt.«

Jochen verstand mir denn auch gleich, nickköppte mir zu und gung, und mitderweil fuhren auch Knoll und Knust und Knüppel ab, alle in einem fröhlichen Zustand, und Knüppel machte zum Schlußtermin noch den köstlichen Witz, daß er Mosessen mit en Proppen schwarz anmalte, was eigentlich en dummer Witz war, denn Moses war in stillen Schlummer gefallen. Als sie alle weg sind, steh ich mit den Knopwirt vor das Unglücksworm, und wir judizieren miteinander. »Es ist 'ne christliche Barmherzigkeit«, sagt er, »wenn wir ihn zu Bett bringen.« – »Ganz diese Meinung«, sag ich, und wir protokollieren ihn rauf und kriegen ihn richtig zu Bett, aber mit Umständen.

Den andern Morgen komme ich zu Mosessen und sag: »Na, Moses?« – »Herr Entspekter«, sagt er, »Ihnen schickt mir der gnädige Gott; sagen Sie mir um Moses willen, habe ich gestern zweihundert Zentner Wull gekauft?« – »Ne«, sag ich, »Woll nicht; aber en Affen habt Ihr Euch gekauft.« – »Waih geschrien!« sagt er, »was tu ich mit en Affen? Aber de ganze Nacht ist mir gewesen zu Sinn, als hab ich zweihundert Zentner Wull gekauft und hab den Zentner mit fünf Taler zu teuer bezahlt, und im Leibe is mir zu Sinn, als wenn mir alle Knochen inzwei sind.« – »Moses«, sag ich, »das kommt von der heftigen Sitzung auf dem Rohrstuhle. Wo kann ein billig denkender Mensch einen bestimmten Teil seines Körpers so abstrappzieren! Das hält auch die gemütlichste und unschülligste Seel auf die Länge nicht aus. Aber hier ist unsere Rechnung, meine Diäten stehen da mit auf; und Jochen hab ich nach Hause fahren lassen.« – »Schön«, sagt er, »Herr Entspekter«, und bezahlt die Rechnung, denn er gehört zu die liberalen Juden und ist neugläubig, »schön! Aber ohne Wull kann ich nicht nach Hause. Wissen Sie was Neues? Wir fahren nach Prenzlau; ich hab gestern Brief gekriegt von Moses Freudenthal, der schreibt mir, daß Moses Lilienthal von Moses Braunthal hat Brief gekriegt, daß Moses Hirschthal 'ne Partie Kammwull hat gekriegt von Moses Rosenthal, und sie lagert in Prenzlau bei Moses Mosenthal.« – »Moses Löwenthal«, sag ich, »das ist alles recht schön; aber auf 'ne Reise ins Preußische bün ich nicht präkawiert, denn ich bün mitgefahren, wie ich ging und stand.« – »Haben Sie Gebräuche an Wäsche«, sagt er, »ich habe Wäschartikel genug bei mich. Hier«, und – denken Sie sich! – perswadiert mir richtig ein reines Kollorett an den Hals und ein paar steife jüdische Vatermörder an die Kinnbacken, und ich fahr mit ihm nach Prenzlau.

Als wir in Prenzlau unsere Ankunft gehalten hatten, gehen wir zu Moses Mosenthalen. »Herr Moses Mosenthal«, sagt Moses Löwenthal, »mein Name is Moses Löwenthal aus Wahren.« – »Ach, nehmen Sie doch en Stuhl!« ruft Moses Mosenthal. »Sie sind doch gewiß en Bruder von dem Reichen.« – »Der bün ich selbst«, sagt Moses Löwenthal und sieht ihm mit großer Ausdrucksvolligkeit an. – »Ach, nehmen Sie doch zwei Stühle!« ruft Moses Mosenthal und springt vor Höflichkeit in die Stube rum und fährt sich durch dem Haare und zupft an den Vatermördern und zieht schnell ein paar ausrangierte Glacéhandschen an. Nu ging die Komplimentierung von vorne an, und ich kriegte auch einen Stuhl, und Moses Mosenthal machte mir auch 'ne Aufwartung und sagte zu Moses Löwenthalen: »Gewiß ein Herr Onkel von Sie. Ich seh's an die Ähnlichkeit«, sagt er; »so hier herum«, und damit zeigt er auf die Gegend, wo mir die jüdischen Vatermörder saßen. Das hatt ich nun von die entfahmten Biester, die mir schon unterwegs die Ohrläppken durchgescheuert hatten, daß man mir for einen alten Judenonkel ansah. Ich ärgerte mir also nicht schlecht und gruns'te mir inwendig, und die andern beiden sprachen übers Geschäft, und endlich stand Moses Löwenthal auf und sagte: »Nun, wenn die Wull nach Berlin is, denn muß ich auch nach Berlin.« Und somit gungen wir.

»Moses«, sag ich, als wir auf der Straße sind, »die Einbildung ist doller als die Pestilenz; und wenn Sie sich einbilden, daß ich in meinen alten Tagen hinter ein paar hundert Zentner Woll auf die wilde Gaus'jagd geh, denn schneiden Sie sich. Sie schneiden sich, sag ich Ihnen, denn ich bin bloß bis Bramborg verakkordiert.« – »Herr Entspekter«, sagt er, »bedenken Sie, was 'ne Sache ist. Wo haißt verakkordiert? Sie können's tun, Sie können's auch lassen, Sie sind ein freier Mann; aber auf der Eiserbahn ist Berlin ein Rutsch – ein Rutsch hin, ein Rutsch her –, und Berlin ist 'ne metropolitanische Stadt, ist ein Weltkörper, ist ein Kunstwerk in 'ner Sandwüste, ist 'ne Idee von Großartigkeit mit Gasbeleuchtung und Momente von Friedrich den Großen und Opernhaus, ist 'ne königliche Residierung mit de verschiedensten Mysterien – kurz, es ist en Punkt auf Erden. Haben Sie gesehn 'ne Eiserbahn? Haben Sie gesehn 'ne Gasbeleuchtung? Haben Sie gesehn en Tiergarten mit wirkliche natürliche Tiere?« – »Nein«, sag ich, »Moses, die Eiserbahnen waren dazumalen zu meiner Zeit noch nicht begänge, von 'ner Gasbeleuchtung habe ich nur en Schatten von einer dunklen Vorstellung, und in Hinsicht dessen, was mich von einem Tiergarten vorgekommen ist, so bezieht sich das bloß auf dämliche Damhirsche, die wie natürliche Ziegen aussehen. Aber dennoch...« – »Herr Entspekter, lassen Se, lassen Se! Was kost't's Ihnen?« ruft Moses. »Die Diäten bezahl *ich*.«

Und sehn Sie, so perschwadiert mir dieser Zackermenter von Perduktenhändler in den Postwagen hinein, und wir fahren nach Passow und schließen uns an die Eiserbahn an.

Soll ich Ihnen nun meine Gefühle bei 'ner Eiserbahn mitteilen, so verlangen Sie das nicht. 'ne Eiserbahn ist 'ne Eiserbahn und for einen Unbekannten sehr mit Überraschung, also auch for mir; denn persönlich hatte ich bis dato ihr nicht kennengelernt, und durch Lektüre war ich erst bis Anno 1835 gekommen, indem daß ich durch Wohlgewogenheit von dem Herrn Pastor die Großherzoglich Mecklenburgischen Staatskalender beziehe, die deren Erwähnung in diesem Jahrgange noch nicht tun.

Ich steh also auf dem Parron oder Patron, wie sie's nennen, da kommt Moses zu mir und sagt: »Herr Entspekter«, sagt er und gibt mir en Zettel in die Hand, »hier ist dritter Klasse, hart, aber kühl und Tabakrauchen; wollen Sie aber zweiter Klasse fahren – warum nicht? Es ist da aber sehr heiß, und Tabakrauchen ist verboten; und wollen Sie erster Klasse fahren, da ist's noch heißer, und Sie sitzen verhältnismäßig allein, bloß mit geborene Fürsten und geborene Gardeleutnants.« – »Ja«, sag ich, »Moses, soll ich einmal meinen Leichnam dieser Höllenmaschine anvertrauen, denn will ich lieber hart und kühl mit Tabakrauchen dritter Klasse sitzen als ohne Tabakrauchen und heiß zweite Klasse und mit Gardeleutnants noch heißer erster Klasse.«

Ich stieg also in die dritte Klasse. – Ich bin oftmals in meinem Leben sehr glücklich gewesen, z. B. auf die verschiedenen Erntebieren, die ich durchgemacht habe, und dann erstens auf unserer Küsterdochter ihre Hochzeit, wo ich mir das erstemal in meinem Leben verlobte, woraus nachher nichts wurde; aber ein so seliges Gefühl hatte sich meiner nie beschlichen als dieses in dritter Klasse: ich war frei, Moses hatte für mich bezahlt, kein Mensch kennete mir, ich konnte mich bequem hinlegen ohne Rücksicht, denn hinter mir und neben mir saß keiner, ich konnte ohne Beleidigung frei ausspucken, denn jeder spuckte frei aus; kurzum, es war ein Gefühl von Freiheit, und ich war inkonito. Gut, ich genieße dies. Mit einmal sagt ein sehr netter Mann, der mir schräg gegenüber saß: »Herr Entspekter Bräsig...« – »Herr...«, sag ich verdutzt. – »Ja«, sagt er, »ich kenn Ihnen, ich hab Ihnen mal Hammel abgekauft.« – »Herr Entspekter Bräsig«, sagt ein anderer, »wo kommen Sie ins Ukermärksche? Was macht die Essexsau von mich?« – Knappemang hat dieser Schweinezüchter dies gesagt, so ruft einer aus 'ner andern Ecke: »Guten Tag, Herr Entspekter! Kennen Sie mir noch?« Und ein anderer langbeiniger Vokativus klettert über die Arrieren und Geländer herüber und kloppt mir auf die Schulter und sagt: »Gun Dag, Unkel Bräsig! – Meine Herrn«, sagt er und wend't sich an die Gesellschaft, »ich habe die Ehre, Ihnen hier den Herrn Entspekter Bräsig vorzustellen, den größten Stammschäfer, schert sechseinhalb Pfund pro Kopp Spritzwäsche.« – »Haha!« sag ich, »nun kenn ich Ihnen endlich, Herr Trebonius; ans Lügen kenn ich Ihnen.« – »Sprechen Sie nicht darüber«, sagt er. »Erlauben Sie, daß ich die Herren vorstelle; z. B. Herr Livonius, Herr Colonius, Herr Prätorius und Herr Pistorius, lauter gebürtige Mecklenbürger und Ökonomiker, die, wie ich selbst, wegen ihrer lateinischen Namen haben auswandern müssen, indem daß man in unserm Vaterlande mit einem lateinischen Landwirte die Idee von Unpraxis verbindet und für uns kein Fortkommen war.« – »Na, lüg du und der Deubel!« sag ich zu mir, denke aber doch: ›Eine Höflichkeit ist die andere wert‹, und weil ich in dem Augenblick nichts Paßliches zu sagen wußte, stellte ich in Ermangelung dessen Moses Löwenthalen vor.

Nun fangen die fünf Lateinischen eine interessante Unterhaltung an von Schlagordnung und Wechselwirtschaft und von Einträglichkeit der letztjährigen Ernte, daß mich grün und gelb vor die Augen wurde, denn so was von Roggen und Weizen war mich von Natur noch nicht vorgekommen; und ich dachte so bei mir, was diese Landmänner doch for ein Segen for ihr Vaterland hätten werden können, wenn sie dringeblieben wären, denn von das, was Prätorius und Pistorius for ihr Part allein gebau't hatten, hätte man alle Dürftigkeit in Mecklenburg fett machen können, aber Trebonius war sie doch noch überlegen, indem er ganz einfach die Sätze der beiden anderen dubblierte. – »Herr Entspekter Bräsig«, sagt Pistorius und zeigt aus der Eiserbahn heraus, »sehn Sie hier, dies ist mein Gut.« – »Und da haben Sie all den Weizen und den Roggen auf gebaut?« frag ich. »Denn haben Sie an der Eiserbahn gerade nicht das Schauende hingehängt, denn dies ist ja der entfahmteste Sand, den man sich einbilden kann.« – »Und doch habe ich auf diesem Boden im vergangenen Jahre, obschonst es ein trockenes Jahr war, Flachs gebaut, so hoch«, und zeigt Ihnen dieser Mensch gut halbkerlshoch! – »Ja«, sagt denn nun Trebonius, »dieser Sand sieht sandig aus, ist's aber nicht, denn es steckt Kultur darin, und ich habe auf welchen, der noch flüchtiger aussieht, Flachs gebaut, den ich zweimal habe durchschneiden müssen, bloß damit ich ihn in den Ofen hinein kriegte.« – Na, nu hört allens auf. Sie halten dir for dumm, sagt ich zu mir, du sollst ihnen wieder for dumm halten, und das tat ich. – »Ich glaub's«, sag ich also, »aber mir is mal 'ne ähnliche Erscheinung passiert. Als ich noch in Funkschon als praktiver Entspekter war, da hatte ich mal an meiner Scheide ein Stück Sandacker, was mich eigentlich gar nicht hörte, denn es war meinen Nachbar sein Sand und war mal bei Gelegenheit eines Windsturms über meine Feldscheide gelaufen. Was sollte ich nun mit diesem Racker von Wehsande anfangen? Ich besäte ihn also mit Buchweizen, und da Buchweizen sonst mein Fach nich is und ich keinen Geschmack an diese dreikantige Weizenart hege, so kümmere ich mich auch gar nicht drum. Somit begibt sich denn die Ernte, und mein Staathalter kommt und sagt: ›Herr Entspekter, der Buchweizen is auch reif, er muß runter.‹ – ›Gut‹, sag ich, ›denn man zu!‹ – Nach 'ner Weile geh ich über dem Hofe, da kommen zwei Tagelöhner und stellen ihre Sensen an die Wand und gehen ins Hauschauer, und jeder kommt mit einem Beile wieder heraus und holen sich die Leiter von dem Hühnerstall und dem Taubenschlag. – ›Was soll dieses?‹ frag ich. – ›Herr, wegen dem Buchweizen‹, sagt der eine. – ›Wo so‹, frag ich, ›wegen dem Buchweizen?‹ – ›Ja‹, sagt er, ›mit Sensen is da nichts zu machen, wir müssen mit Beile darüber.‹ – Na das war denn nu stark, und ich wundre mir, faß mir aber doch und frag: ›Was soll denn aber die Leiter?‹ – ›Ja‹, sagt er, ›wir wollten uns das bequemer machen, und daß kein Unglück geschieht, und wollten ihm erst die größten Zweige aus der Spitze aushauen.‹ – Na, nun werd ich denn auch neugierig und reite raus, und – sehn Sie! – da steht mein Buchweizen wie 'ne gatliche Dannenschonung.« –

Das war denn nu woll meine fünf lateinische Mitkollegen doch ein bischen zu streifig, und sie fungen schon an: »Ja, aber...« und »Aber dennoch...« – Ich sah aber gefährlich ernsthaft und einerlei aus, als wäre mir so was in meinem Leben schon oft passiert, und plötzlich rief Moses Löwenthal: »Herr Entspekter, sehn Sie raus; hier is Berlin!« – Na, ich seh raus, ich seh oben, ich seh unten, ich seh rechts, ich seh links; nichts als der vortrefflichste Buchweizenboden unten, und oben zwei Schornsteine for Kartoffelbrennerei, und links ein einsamer Eingang zu 'ner Art Sandkuhl mit Kegelbahn und der Aufschrift »Sommervergnügen«. – »Moses...«, sag ich, denn ich denk, ihn reitet der Ehrgeiz, noch doller zu lügen als wir Ökonomiker. – »Herr Entspekter«, sagt er, »'s ist wahr, es präsentiert sich nich; 's ist aber der Anfang und, mit Erlaubnis zu sagen, die hinterste Seite; aber passen Sie Achtung, es kommt gleich.« Und es kam auch gleich. Wir fuhren in einer Art von gewölbten Glashause hinein, welches das Absteigequartier der Eiserbahn darstellt, und Moses sagt: »Herr Entspekter, wundern Sie sich noch nicht; dies ist allens erst von hinten. Aber«, sagt er, »haben Sie en Paß?« – »Wo soll ich en Paß haben?« sag ich. – »'s ist wahr«, sagt er, »aber 's ist schlimm«, sagt er, »und wir müssen uns zu helfen suchen. Nun fassen Sie mir hinten an den Rock, und halten Sie fest, und sagen Sie kein Wort. Was zu machen ist, wird gemacht.«

Wir kommen nun in ein grausames Gedränge von Menschheit und mit die lateinischen Ökonomiker auseinander, drängen uns aber durch und kommen zu ein paar Militörpersonen. – »Das sind die Schutzmänner«, sagt Moses mir heimlich zu. – »Also, das sünd *die*«, sage ich zu mir und seh sie mir forschend an; aber sie sahen mir auch forschend an, und der eine sagte: »Meine Herren, Ihren Paß.« – Beinah hätte ich mich vergessen; aber Moses war fix bei der Hand: »Hier ist meiner! Und dies ist en Onkel von mich, Levi Josephi aus Prenzlau, der wegen die dringliche, plötzliche, nächtliche Abreise in Geschäftssachen keinen Paß hat, aber ich –« – »Sie müssen warten«, sagt der Schutzmann, und so warten wir denn, bis sich die Menschheit verlaufen hat. – »Moses«, sag ich, »hol Euch...« – »Herr Entspekter«, sagt er, »wir kommen damit durch! Schweigen Sie, er kommt schon.«

Der Schutzmann kam denn auch und kuckte mir sehr bedenklich an und verglich mein Aussehen mit seine schriftliche Notizen;

denn, wie er mir nachher selbst sagte, hat er mir anfangs for einen gewissen, berühmten, schlesischen Mordbrenner gehalten; endlich aber fragt er mich, ob ich nicht einen ansässigen zuverlässigen Mann hätte, der sich meiner verbürgte, und ich will schon meine Unbekanntschaft eingestehn, da fällt mir Moses ein: »Ja«, sagt er, »der reicher Bankier Bexbacher.«

Wir nehmen uns also eine Droschke, was man bei uns einen gewöhnlichen Einspänner nennt, und fahren zu Bexbachern. Als wir unsern Eintritt bei ihm nehmen, springt dieser hinter einen Tisch vor, der voll lauter doppelte Luggerdohrs liegt, denn die Art beschäftigt sich den Tag über mit das nützliche Geschäft, doppelte Luggerdohrs einzuwechseln – weshalb man die Bankiers auch Bankerts und Wechselbälge zu nennen pflegt –, und des Abends geben sie sogenannte Sauereien mit Gelehrte und Künstler und Musik. Na, also Bexbacher springt in die Höh und ruft: »Straf mich Gott, Herr Moses Löwenthal!«, und Moses Löwenthal macht en Diener und sagt, auf mich zeigend: »Mit meinem Onkel Levi Josephi aus Prenzlau.« – »Halt!« rief der Militörbeamte, »dieses wollte ich fragen. – Herr Bexbacher, kennen Sie diesen Herrn hier?« – Aber er kam zu spät mit seiner Frage, denn Moses hatte Bexbachern schon einen Augenzwinker apoplexiert, und der feine Takt und das augenblickliche Verständnis von jüdische Glaubensgenossen ist in knüffliche Fälle wirklich bewunderungswürdig. Bexbacher fiel mir also um den Hals, fieß mich rund um und küßte mir zweimal ins Gesicht: »Gott!« rief er, »ob ich ihn kenn! Ist er nicht meine erste Jugendfreundschaft? – Levi Josephi, weißt du noch, as ich dich immer das doppelte Vieh nannte? – Weißt du, as du mich dafür die Haare ausrissest?« – Und dabei zeigt dieser verlogene Karnallje auf seinen kahlen Kopp, und Moses, dieser Halunke, zieht en Taschentuch vor und wischt sich die Augen und sagt zu der arglosen Polizei: »Ach, wo rührend! Ich kann mir nicht helfen, aber's ist rührend!« – Nun bitte ich Ihnen um alles in der Welt, was sollte ich zu diese Anstellungen der heuchlerischen Lügenbrut sagen? Ich wollte diesem Schutzmanne schon mit einer wahrhaften Erklärung unter den Augen gehen, da sagte er zu mir: »Schön«, sagte er, »ich habe mich persönlich von ihrer Persönlichkeit überzeugt, und das ist Ihr Glück, denn sonst hätten wir Ihnen einspunnen müssen.« – Na, diese Redensart machte mich denn verstutzt, und ich dachte: »Also so ist die Meinung. Na, denn man zu!« – »Aber«, sagt er, »die Herrens müssen jetzt mit auf die Polizei, denn en Paß müssen Sie haben.«

Wir fahren also auf die Polizei, und Moses flustert mir zu: »Herr Entspekter, seien Sie standhaft! Besser ein paar Tage einer von unsere Leut, als vierzehn Tage in Prisong.« Aber als meine Sache vor einen Herrn Rewerendarius auf dem Tapete kam, schämte ich mir in die grobe Grund, und wenn der Schutzmann nicht mein Schutzengel geworden wär un den Auftritt bei Bexbachern erzählt hätte, denn wär allens rausgekommen, und ich rein, nämlich ins Loch; aber die beiden Küsse von Bexbachern, die schlugen bei dem Herrn Rewerendarius zu 'ner Überzeugung durch; ich kriegte den Paß, und Moses bezahlte einen Taler und acht Groschen. Ich war somit ein gesetzlich attestierter alttestamentarischer Glaubensgenosse und Judenonkel.

Was sich in mir entwickelte, als ich mit Mosessen ohne dem Schutzengel die Straßen entlangfuhr, war vorzugsweise eine innere Schamhaftigkeit und eine Angst vor Bekannten, daß sie mir begegnen möchten und mir den ausgetauschten Glaubensstand von's Gesicht lesen. Aber nebenbei kam ein Grimm gegen Mosessen über mir, der mit unschuldig lächelnden Zügen neben mir saß, und vor allem gegen Bexbachern, der mir mit en paar Judasküsse for die Judenschaft eingewechselt hatte. Ich sah nichts von Berlin, ich hörte nichts von Mosessen seinen Drähnschnack und dachte bei mir: ›Sollst auch nichts sagen!‹, denn ich hatte die innere Befürchtung, daß ich an zu mauscheln fangen würde, sowie ich den Mund auftäte.

Endlich hält der Wagen still, und Moses steigt aus und sagt: »Dies ist der Schangdarmenmarkt; Herr Onkel, steigen Sie aus, wir sind ins Quartier.« – »Entfahmter Judenbengel!« rief ich und griff rechts und links nach einem Stock oder Regenschirm oder so was, um ihn damit zu begrüßen, »wart, ich will dir beonkeln!« Aber die Schicklichkeit verbot mich dieses, denn ein sehr feiner Mann, der den Wirt vorstellte, und ein liebenswürdiger junger Mensch mit 'ner grünen Schürze, der Markür war, was sie hier einen Kellnöhr nennen, schoben sich damang, und ich wurde ins Haus reingekompelmentiert und von da immer treppauf und lange Corydons entlang nach Nr. 83.

Knappemang war ich mit Mosessen wieder allein, als auch der Zorn wieder in mir aufbegehrte, ich drehte den Schlüssel ins Schloß um, griff nach einem Stücke Dings und ging auf ihm los. – »Herr Entspekter«, rief er, »ich bitt Ihnen um 'ne gewisse Mäßigung! – Schlagen Sie zu! Sie können mir verschiedene Löcher in den Kopp schlagen, Sie sind in 'ner tigerischen Wut, ich bin ein Lamm gegen Sie. Aber worum?« – »Worum?« ruf ich. »Aus Revansche, du angeborne Hinterlistigkeit!« – »Was heißt Revansche? Was tun Sie mit der Revansche?« schrie Moses. »Nehmen Sie lieber Diäten, nehmen Sie lieber die Tantieme von's Wullgeschäft. Bin ich nicht gewesen ein liberalischer Freund zu Ihnen, hab ich nicht bezahlt for Sie, hab ich nicht gelogen for Sie, hab ich nicht geschwindelt for Sie?« – Dieses letztere war wahr und entwaffnete mir vollständig; ich legte also das Stück Dings weg und schloß die Stube auf. Als Moses dies sah, kam er freundlich auf mich zu und sagte: »Herr Entspekter, was

machen Sie sich aus en Juden. Sie sind ja kein religiöser moralischer
Jude, Sie sind ja man en polizeilicher Jude, 'ne Art jüdisches Legite-
mationspappier, auf drei Tage gültig, was Schweinefleisch essen
kann und nicht nötig hat, in den Tempel zu gehn.« – Aber ich war
noch zu sehr in Zornigkeit, als daß ich ihm Gehör gab; und Moses
fuhr weiter fort: »Und dafür, daß Sie den israelitischen Schein auf
sich laden, was haben Sie nicht? Sie können das majestätische
Schloß besehen von außen und das Museum von innen; Sie können
die nackigte, streitbare Jugend auf die Schloßbrück besehen, ganz
for umsonst; Sie können den alten Fritz reiten und den alten Blücherten fechten sehn, kost't Sie nichts; Sie können des Mittags auf
der Parade die lebendigen Generals ansehen und die grausame
militärische Musik anhören, Sie können frei alle Schildwachen von
ganz Berlin besehn – allens for umsonst; Sie können kommen zu
gehn spazieren unter die Linden, Sie können kommen zu gehn spazieren in den Lustgarten, in den Tiergarten, kein Mensch fordert Sie
was ab. Sie können auch ins Medizinische gehn, Sie können sich die
Monstrums besehn und die verschiedenen menschlichen Krankhei-
ten in Spiritus – kost't Sie en Trinkgeld; Sie können auch in die Naturgeschichte gehn, in den zotologischen Garten, was enthält Affen
und Bären und Kamele in ihrer natürlichen Wildheit – kost't vier
Groschen; Sie können auch in die Kunst gehn – kost't auch vier
Groschen –, ins Ägyptische, wo allens eingebalsemiert ist, Schafbö-
cke und Götzen, und allens beschrieben ist mit ägyptische Hämor-
rhoiden; Sie können auch gehen ins Griechische und können sich
besehn die Wandgemälde, die an die Wand sind gemalt von en
großen Künstler, alles aus freier Hand mit en bloßen Pinsel, da können Sie die Auswanderer sehn von den Babylonischen Turm, wie
sie reiten auf die Pferde und wie sie reiten auf die Ochsen, und die
Blumen aus Griechenland, wie sie schwimmen in den Kahn und
singen auf der Zither, und die grausame Schlacht, was gefochten
haben die Römers in die freie Luft; und denn können Sie sehn Kaiser Karl den Großen, wie er die Welt regiert, in der einen Hand die
Weltkugel, in der andern den blanken Degen. – Sehn Sie, so sitzt
er!« – Und nun, denken Sie sich, setzt sich dieser vermisquemte
Schmachtlappen von Judenjungen in einen vorhandenen Lehnstuhl,
nimmt in die eine Hand eine runde Wasserpottelje und in die andere einen aufgewickelten Regenschirm, gibt sich 'ne vornehme Ehre
und will mich so Kaiser Karl den Großen vormachen. Na, ich muß

laut auflachen, und wie er sieht, daß mich lächerlich ist, springt er auf und sagt: »Es freut mich, Herr Entspekter, daß Sie wieder sind in 'ner Stimmung, und ich muß ins Geschäft; aber *einen* Gefallen tun Sie mir, es kann sonst ein Unglück geben, ziehn Sie die Vatermörder länger raus, denn solange Sie sind in Berlin, müssen Sie passieren for einen von unsre Leut, und passen Sie Achtung, die geheime Polizei wird hinter ihnen her sein, ob's auch stimmt mit Levi Josephi aus Prenzlau.« Und damit gung er.

Ich war aber gar nicht in 'ner Stimmung, und die letzte Bemerkung ärgerte mich. Nun hatte ich mir aber heute schon so viel geägert, daß ich einen bedeutenden appetitlichen Hunger verspürte, denn ich kriege immer Hunger nach einem Ärger, und als Moses weg war, denke ich: ›Sollst runtergehn und sollst en bißchen was essen.‹ Zudem war's Vesperbrotzeit, was meine Hauptnahrungszeit ist.

Ich geh also runter und sage zu dem jungen, liebenswürdigen Menschen mit der grünen Schürze: »Haben Sie die Güte und bringen Sie mir ein bißchen was zu essen.« – »Was befehlen Sie?« fragt er. – »Oh«, sag ich, »sö'n bißchen allerhand.« – Na, er bringt auch en Schnibbelken von dies und en Schnibbelken von das, und ich setze mir hin und sage: »Bringen Sie mich auch eine Pottelje Wein.« – »Was for 'ne Art befehlen Sie? fragt er und gibt mich einen Zettel in die Hand. – »Langkork«, sag ich. – »Langkork?« fragt er und sieht aus, als wären ihm seine Schafe in den Weizen gelaufen. – »Ja«, sag ich. – »Den haben wir nicht«, sagt er. – Nun bitte ich Ihnen, dies war nun mit das erste Gasthaus in Berlin und hatten keinen Langkork. – »Na, denn man feinen Medoc«, sag ich. – Ich krieg ihm, und wie ich grade anfangen will, was zu mir zu nehmen, und auf ein paar Stücke schönen Schinken eingehen will, setzt sich ein Herr meiner grade gegenüber und kuckt mir immer an. »Halt!« sage ich zu mir, »das könnte einer von das geheime Observationschor sein, von dem Moses gesagt hat«, und laß den Schinken liegen und begnüge mir mit kalten Kalbsbraten. Aber er kuckt mir immerzu an. Na, ich ärgere mir und will ihm schon mit ausgezeichnete Höflichkeit bedienen, da fängt er an: »Um Vergebung zu fragen, Sie gehören gewiß unserm geheimen Post- und Eiserbahnverein an?« – »Was for en Ding?« frag ich. – »Geheimer Post- und Eiserbahnverein«, sagt er. »Ich sah's an der Art, wie Sie Messer und Gabel zusammenlegten und wie Sie das Glas anfießen.« – »Was for eine Bewandtnis hat es mit diesem Verein?« frage ich. – »Es ist«, sagt er, »wie alle Vereine, 'ne edle Anstalt zur Erleichterung der menschlichen Beschwerden. Dieser z. B. erlaubt sich das Vergnügen, den Publikum von Post- und Eiserbahngeld frei zu machen.« – »Und kann da jeder als praktives Mitglied eintreten?« fragte ich, indem mir das durch den Kopp schoß, daß ich vermöge dieses Vereins for umsonst aus Mosessen seine Hände und aus dem Judenonkelschwindel herauskommen könnte. – »Jawohl«, sagt er, »wenn er in die geheime Zeichensprache eingeweiht ist.« – »Und Sie können das?« frage ich. – »Aufzuwarten«, sagt er. »Es ist meine Pflicht, jeden achtbaren Herrn über fünfundzwanzig Jahre aufzunehmen, denn ich bin Meister vom Postwagen im Osten und Westen und bin Ritter mit der roten Feder von der Eiserbahn dritter Klasse.« – »Kellnöhr«, rufe ich also auf Berlinisch, »en Teller und en Glas for diesen Herrn!« und nötige ihn mit Höflichkeit, was er denn auch mit freimütigem Zulangen erwidert. ›Na‹, denke ich so bei mir, ›dies trifft sich noch glücklich, und wenn du nun nach Kräften dich satt issest, denn kannst du bis Bramborg aushalten und brauchst bei freie Passage keinen Schilling.‹ Ich esse also demgemäß in dieser Voraussetzung; er war mich aber über. Wie eine lebendige Verheerungsmaschine hausete er mang die Viktualitäten, und auch den Rotspon, obgleich for *feinen* Medoc höllschen sauer, sprach er so zu, daß ich in beiden Artikeln immer nachbestellen mußte. Endlich hatte es sich bei ihm gestoppt, und er fragt mich: »Um Vergebung, Sie sind wohl ein Mecklenbürger?« – »Ja«, sag ich, »en rechten Nationalen.« – »Na«, sagt er, »das paßt sich schön, die Stettiner Eiserbahn geht in 'ne Viertelstunde ab, und da können Sie Probe fahren.« Wir gehn also, und ich sage noch zu dem Markür: »Wenn Herr Moses Löwenthal kommt, denn grüßen Sie ihm, und ob er auch was zu Hause zu bestellen hat«, und lache dabei von Herzen.

Als wir auf den Bahnhof kommen, sagt er: »Hier, kommen Sie, steigen Sie ein«, und nötigte mir in die dritte Klasse, wovon er Ritter mit der roten Feder war. Er steht nun noch draußen und redte mit einen Eiserbahnmenschen. Endlich soll's abgehen, und er steigt auch ein und sagt: »Nun passen Sie auf und machen's ebenso wie ich.« – Na, ich paß also auf, und wie nun der Eiserbahnmensch kommt und die Billeter einfordern will, steht er so halb auf und pfeift dreimal, und bei jeden Pfiff schlägt er sich mit dem Zeigefinger der rechten Hand auf die Nase. Der Mensch lacht und nickt ihm zu, as wollt' er sagen: »Haha! 's ist all gut, dir kenne ich.« Und als er bei mir kommt, mache ich allens ebenso, und er lacht auch, als wollt er sagen: »Dir kenne ich auch.«

Na, wir fahren also ruhig bis zur nächsten Station, da steigen wir aus, und er umarmt mir sehr gerührt: »Kommen Sie«, sagt er, »legen Sie mir die Hand aufs Herz, ich lege Sie wieder die Hand aufs Herz; Sie sind nun einer von uns. Und nun reisen Sie, so weit Sie können, Sie wissen nun Bescheid«, und damit nahm er Abschied von mir, und ich steh da, ganz in das selige Gefühl versunken, Mitglied von dem freien, geheimen Post- und Eiserbahnverein und Mitkollege von edeldenkenden Bundesbrüdern zu sein. Leider hatte ich zu lange mich dies Gefühl hingegeben; es pfiff, die Eiserbahn sauste ab, und ich blieb als einsamer Rest stehen. Dies war mich sehr verdrießlich, ich tröste mir aber und frage einen Menschen, der auch so einen fliegenden Markurius an der Mütze hatte: »Wann geht die Eiserbahn wieder nach Stettin?« – »Heute nicht mehr«, sagt er, »aber morgen; heute um sieben Uhr geht nur noch ein Zug nach Berlin.« – Dies war mich wieder sehr verdrießlich; aber was hilft's? Ich kannte das Sprichwort: »Geduld, Vernunft und Hafergrütz, die sind zu allen Dingen nütz«, und beruhigte mich. ›Sollst wieder nach Berlin zurückfahren‹, dachte ich, ›morgen willst du's nicht verpassen!‹ Und um's heute nicht zu vergessen, will ich nach meiner Uhr sehn – und nun denken Sie sich meine Überraschung: meine Uhr war weg. – Mein erster Gedanke war: ›Himmel Donnerwetter!‹, mein zweiter: ›Die haben sie dir gestohlen!‹ und mein dritter: ›Nun flöt ihr nach!‹ Aber auch wenn die Eiserbahn ihr nachgepfiffen hätte, sie wäre nicht wieder gekommen. Höchst verdrießlich setze ich mich auf den Parron und bammle mit die Beine, bis der Zug kommt. Endlich kommt das schnaubende Biest angebrummt, und ich steige in dritter Klasse. Mitderweile kommt denn auch der Mensch, der die Billeter einfordert, und ruft mich zu: »Sie da!« – Ich erhebe mir denn halb, pfeife dreimal und schlage mir bei jedem Pfiff mit dem Zeigefinger der rechten Hand dreimal auf die Nase. – »Ihr Billett, mein Herr!« ruft der Mensch. – Ich sage also: »Verstehen Sie denn nicht?« und mache ihm die geheime Zeichensprache noch mal. – »Herr«, ruft der Mensch, »wollen Sie mich zum besten haben? Ich bin Eiserbahnbeamter.« – »Und ich«, rufe ich, »bin Mitglied des freien geheimen Post- und Eiserbahnvereins.« – »Ein Narr sind Sie! Und raus mit Ihnen, wenn Sie nicht bezahlt haben!« ruft der Kerl. – Ich stieg denn nu würklich aus, bloß um ihn zu zeigen, was 'ne Harke ist. »Herr«, sag ich... – Swabb! schlägt der Kerl die Türe zu. – »Herr«, sag ich noch mal... – Wupp! ist der Kerl auf die Maschinerie hinauf, und heidi! geht die Eiserbahn.

Nun denken Sie sich bloß mal dies Stück an! Da steh ich nun einsam und unbekannt in 'ner wüsten Gegend ohne Geld- und Versatzmittel zwei Meilen von Berlin und zwanzig von Bramborg. »Bräsig«, sage ich also *sehr* ärgerlich zu mir, denn Levi Josephi war mir noch nicht geläufig, »Bräsig, was nun? Du hast dir hier schön in den Nessel gesetzt, denn nach Bramborg, das halten deine Knochen und dein Magen nicht aus. Also wohin? – Nach Berlin, und tritt wieder als Judenonkel bei Moses Löwenthalen ins Geschäft.« – In verlegenen Verhältnissen bin ich immer kurz resolviert, ich geh also immer die Eiserbahn nach; ich geh, bis es stickdunkel is, komme aber endlich in eine brilljante Erleuchtung, denn sie hatten an diesen Abend die ganze Gasbeleuchtung angesteckt. Ich überlaß mich also dem erhebenden Eindruck dieses glänzenden Lichtschimmers und geh förfötsch weiter, ich geh aus das eine Tor raus, kehr um und geh aus das andere, ich geh rechts und links und geh gradaus und wieder zurück und kann wohl sagen, ich habe mir an diesem Abend die ganze Gasbeleuchtung besehn, mit Ausnahme von die Laternen auf den Schangdarmen-Markt, wo ich hin wollte. Ich frage einen späten Nachtwandler: »Wo ist der Schangdarmen-Markt?« – »Oh, der ist noch weit.« – Ich frage einen andern. – »Oh, der ist noch sehr weit.« Und je mehr ich fragte, je mehr wurde er »sehr weit«, endlich sagte einer: »Oh, der ist dicht dabei.« – Dieser Balsam in meine Ohren versetzte mir in Freude, aber machte mir nicht unbesonnen; statt wieder in die Ungewißheit umherzulaufen, wo er wieder »sehr weit« werden konnte, setzte ich mich rittlings auf ein befindliches Treppengeländer mit dem Bewußtsein: ›Du bist doch nun in der Nähe von deinem Gasthofe.‹

So sitz ich denn nun also und ruh mir und danke meinen Schöpfer, daß er for den Juni schöne lauwarme Nächte gestiftet hat, als ich eine Art von fröhlichen Skandal höre, der sich mir entgegenbewegt. »Das sind wilde Nachtflatterer«, sage ich zu mir und will schon aus dem Wege gehn, als mich eine Stimme sehr bekannt forkommt. Ich bleibe also, und wissen Sie, wer sich mir in der Gasbeleuchtung offenbarte? – Trebonius mit die vier andern lateinischen Ökonomiker. – »Trebonius«, rufe ich, und er sieht mich an meinem Aufenthaltsort und ruft: »Wahrhaftig, Unkel Bräsig!« – »Still«, sag ich, »keinen Namen nennen!« – »Was Deuwel!« sagt er. »Plagt er Euch, daß Ihr hier bei nachtschlafender Zeit auf ein Treppengeländer reitet?« – »Je, das sagen Sie man mal!« antwort ich und erzähl ihm, daß mich mein Gasthaus abhanden gekommen wäre. – »Onkel Bräsig«, sagt Prätorius... – »Still, um Gotteswillen!« sag ich. »Ich bin Levi Josephi aus Prenzlau.« – Erst kuckten sie mir alle stumm an, und darauf brachen sie in ein honoriges Gelächter aus: »Wer seid Ihr?« – »Levi Josephi aus Prenzlau«, sag ich, »und hier könnt Ihr's lesen; aber still, um Gotteswillen, wegen die geheimen Schleichwächter«, und damit gebe ich ihnen meinen Paß. – Nun lachen sie denn wieder alle, und endlich ruft Pistorius: »Kinder«, sagt er, »das ist 'ne Geschichte, die muß er uns erzählen.« – »Allens in der Welt«, sag ich, »aber nennt mir mit meinen polizeilichen Namen.« – Und nun levi-josephiten sie mir vorn und levi-josephiten sie mir hinten, daß mir grün und gelb vor den Augen wurde. »Herr Levi Josephi aus Prenzlau«, sagte Pistorius und präsentierte mir den Portier von das Gasthaus. »Ein Bett und ein Zimmer for meinen Freund, Herrn Levi Josephi aus Prenzlau«, kommandierte Trebonius einen Kellnöhr. – »Treten Sie ein, Herr Levi Josephi«, sagte Livonius. – »Setzen Sie sich, Herr Levi Josephi«, sagte Colonius. – »Befehlen Sie noch etwas, Herr Levi Josephi?« fragte der Grasaff von Kellnöhr. – »Nein, zum Deuwel!« sag ich. »Halten Sie Ihr Maul!« – Und als er weg ist, da muß ich denn erzählen, wo ich zu dem Namen und wo ich auf das Treppengeländer zu reiten kam. Na, sie lachten denn nicht schlecht und meinten, der Bundesbruder wäre woll ein richtig Berliner Kind gewesen, der sich einmal ordentlich hätte satt essen wollen und sich in meine Uhr verliebt hätte. Endlich gingen die vier andern zu Bette, und ich blieb eine Zeitlang mit Treboniussen allein.

»Unkel Bräsig«, sagte Trebonius, »Euer ganzes bedrängtes Verhältnis stammt sich aus Eurem baren Geldmangel. Glaubt mich das zu! – Ein Mensch ohne Geld ist wie ein Schiff ohne Ballast, es fehlt ihm die Haltung.« – »Trebonius«, sage ich, »Ihr braucht nicht zu diese überflüssige Bemerkung ein Gesicht zu machen wie der Prediger Salomonis, das weiß ich allein.« – »Unkel Bräsig«, sagt Trebonius, »Ihr habt mir in meinen unbemittelten Zeitumständen oft mit Schuldendeckung und Vorschuß unter die Arme gegriffen, und ich habe Euch in ein dankbares Gedächtnis. Wieviel braucht Ihr?« – »Habt Ihr denn was?« frag ich, denn ich wußte aus den Klagen seiner beiderseitigen Herren Eltern, daß er man swach stand. – »Ich?« fragte er und kuckte mir groß an. »Ich habe gestern an 2500 Taler für Wolle eingenommen, indem ich 7 Taler mehr pro Zentner erhalte als die übrigen – aber sprechen Sie nicht darüber –, for 3000 Taler Rapps steht auf dem Felde, 4000 Taler liegen zu Hause in meinem Sekretähr, ohne die ausstehenden Forderungen. – Es ist wahr, vor ein paar Jahren wollte ich mich for insolent erklären, aber Unkel Bräsig, die Ideen! Ich habe immer Ideen, wenn die eine alle geworden ist, hab ich 'ne neue! Ich verfiel in meiner Verlegenheit auf drei neue Ideen, auf eine großartige Bienenzucht, auf eine großartige englische Hühnerzucht und auf eine großartige Karpfenzucht, denn ich habe hinter meinem Garten einen kleinen Teich mit ausgesuchtes Karpfenwasser. Mit diese drei Züchtungen bezahl ich meine Pacht, und was die Wirtschaft extra noch einträgt, ist reiner Überschuß und wird in den Sekretähr gelegt.« – ›Na, lüg du und der Deuwel!‹ denk ich; aber wegen meiner Verlegenheit und seiner Gutmütigkeit wollte ich ihm eine Anpumpung nicht abschlagen und sage: »Ja, wenn ich so'n sechs Luggerdohr...« – »Weiter nichts?« sagt er. »Sollen Sie haben. – Morgen.« Somit sage ich ihm wohlschlafende Nacht und gehe in mein Loschih, was neben ihm an befindlich war.

Es wäre nun schon sehr spät, und müde wäre ich auch; ich denk also: ›Sollst man gleich zu Bette gehn‹, und suche mich den Stiewelknecht. Dieser Stiewelknecht war ein doppelter, er hatte auf jedem Ende eine Klemme. Ich hatte eine solche Erfindung noch nicht gesehen und denke so bei mir: ›Was sie in die großen Gasthöfe doch all for Bequemlichkeiten haben! Hier kannst du dir die beiden Stiewel mit einmal ausziehen!‹

Ich klemm mir also den einen Hacken ein und mit Umstände auch den andern und will nu ziehen; Gott in den hohen Himmel! – ich saß in einen spanischen Buck, ich hatte mir in Fußangeln gelegt. Ich will mir nu losmachen, aber wenn ich mir bückte, verlor ich ümmer die Blansierung, und kein Stuhl war in meiner Nachbarschaft, knapp daß ich mich an die Wand halten konnte. Da stand ich nu mit auswärtsige Beine, un was nu? Not kennt kein Gebot; ich kloppe also an die Wand nach Treboniussen und rufe ihm um Hülfe.

Er kommt denn auch; aber als er mich da an die Wand genagelt stehen sieht und die natürliche Ursache an meinen Füßen gewahr wird, fängt dieses Undird aus vollen Hals an zu lachen und lacht sich aus aller Kontenanß. »Dummheit lacht«, sage ich, »machen sie mir lieber aus diesem Verhältnisse los!« Er aber läuft hin und holt die andern Ökonomiker, und da stehen sie nu um meiner Person herum in den Hemden und in kurzen Zeuge und lachen und amusieren sich mit meinem Anblick. »Nu haben wir en ollen Voß gefangen«, sagt Trebonius, und ich denk: ›Komm mir bloß en bitschen neger!‹ – »Herr Levi Josephi«, sagt Pistorius, »wollen Sie die Wand umliegen?« – »Er warmt sich an ihr«, sagt Prätorius, und so machen sie ihre Witze und danzen und jökeln um mich herum, jeder mit en Licht in der Hand, aber in Armweite, denn sie mußten es mir woll ansehen, daß ich in einen gefährlichen Zustand übergegangen war. Endlich bückte sich Livonius, was der Gutmütigste von der Bande war, und machte mir aus die Angeln los; aber so drad ich los war, brach auch bei mir die Wut aus, und indem die andern weggelaufen waren, gab ich Livoniussen ein paar nachdrückliche Maulschellen. Was mich nachher sehr leid war, indem es einen undankbaren Schein auf mich lud, worin ich mir aber in dem Augenblick nicht helfen konnte.

Den andern Morgen exkusierten sie sich bei mir sehr wegen der Lächerlichkeit und ich bei Livoniussen wegen der Maulschellen, und daß ich ihn nicht damit hätte beleidigen wollen, was auch genügend angenommen wurde, und Trebonius gab mir das verabredete Geld.

Es kam mir aber so vor, als wenn es nicht aus Treboniussen seine Tasche allein stammte, denn als dieser es mir gab, standen die andern Lateiner um mich rum und gaben mich gute Lehren: wo ich hin gehen sollte, was ich dafor besehen und kaufen sollte, wo ich es verstecken sollte, und daß ich es mich jo nich stehlen lassen oder es verlieren sollte – grade wie es die Wohltätigkeit bei die Snurrers macht.

Dies kam mich schon dunnmals hellschen allmohsenmäßig vor; aber wenn ich dazumalen wüßte, was ich nu weiß, nämlich daß Trebonius for mich, als verschämten Armen, mit einem Töller bei die andern rumgegangen war und sie sich for mich subskribiert hatten, so hätte ich dagegen prostituiert und hätte ihnen das Geld vor die Füße geworfen; aber meine Seele hatte keine Idee davon, und ich war in Hinsicht dessen unschüllig wie ein Aulamm, indem daß ich schon wegen der Abtragung dieser Vorstreckung meinen Überschlag machte.

Wir frühstücken denn nu ganz auf meckelnburgsche Manier mit Mettwurst un Schinken un suren Aal un allerlei geistreiche Getränke, und als die lateinischen Ökonomiker abreisen, schüttelte ich diese entfahmtigten Bengels noch alle die Hände, ohne Wissenschaft, was sie mich hinterrücks for einen Lack als Powerinsky angehängt haben.

Als sie weg sünd, mache ich mir einen ordentlichen Schlachtplan for meine Umstände zurecht und judiziere so: mit zwei Luggerdohr kommst du gut und gerne retuhr, du hast also vier Luggerdohr zum Besehen der hiesigen Stadt, und da du einmal hier büst, so besieh sie dich von Ur tau End! Vor allen Dingen sorg aber dafor, daß deine augenblicklichen Geldmittel nicht achter deine Uhr herlaufen; denn wo ich gung und stund, stund mit goldne Buchstaben angeschrieben: »Vor Taschendieben wird gewarnt«, was in mich eine sehr unbehagliche Stimmung verursachte.

Ich geh also mit mir zu Kehr, ob ich mich eine Knipptasche, die sie hier ein Portepeh nennen, oder einen Geldbeutel kaufen soll; stimm' aber endlich for einen Geldbeutel, weil er mich geläufiger war, und kauf mir einen kleinen seidenen, der sich nachher aber als einen gewöhnlichen baumwullenen auswies. Wo aber mit die Kreatur hin? In die Tasche ging's nich wegen die Taschendiebe – also auf bloßem Leibe. Ich suche mich nun also ein stilles, verschwiegenes Plätzchen auf, knüpfe mir die Extremitäten los und binde mir meine

Habseligkeiten unterhalb die Magengegend fest. Dies hat mich auch nicht gereuet bis auf die Letzt, wo es zu meinem Schaden ausschlug.

Da ich mir nu in Sicherheit wußte, geh ich denn rum und beseh mir allens. Das erste war denn nu der große Kuhrfürst auf der Brücke, wo er über die erbärmlichen Sklaven fortreitet. Hat 'ne P'rük auf, 'ne unverschämte P'rük! Ich trage auch 'ne P'rük, was man im Hochdeutschen eine Tuhr nennt; aber so 'ne P'rük! Hellisch forscher Herr übrigens, dieser olle Kuhrfürst! Aber nichts gegen den ollen trächtigen Hengst, den er unter sich hat. Das ist's! Der tut's! Diese runden Knochen und das platte Kreuz, nichts von Spatt und Hasenhack! Der könnt unser olles meckelburgsches Blut noch mal auffrischen, besser als diese olle Zegen von engelsche Windschneider. Ich frag, wo soll einer auf Stun'ns noch richtige Sadelmähren herkriegen? Dieser is einer; aber auch woll lang' all dod. Na, wir können nicht ewig leben; aber schad', daß diese Rasse ausstirbt.

Darauf besah ich mich das Sloß, d. h. auswendig, denn inwendig ging's nicht, indem daß Königs augenblicklich eigenhändig darin wohnen; aber von auswendig besah ich mich es sehr genau, auch von der verkehrten Seite, allwo ich wieder ein Paar Pferde antraf mit zwei nackigte Figuren von junge Menschen, die sie stats Reitknechte »Pferdebändiger« benennen. Das glaub ich, mit diese ollen Schinder werden sie woll fertig, das sünd Bauerklöpper, und keine Rass' is nich drin; ich möcht aber bloß mal sehen, wenn sie den ollen Kuhrfürstenhengst so mit der alleinigen Trense aufs Hinterteil setzen wollten, wo der woll mit ihnen bliebe. Es soll dies russisches Geblüt sein und soll von dem seligen Kaiser Nikolas herstammen, d. h. als Present.

Von hier ging ich rüber nach dem Museum. Das laß ich mir gefallen! Ein schönes Pferd, ein bischen weich in die Fessel, aber elegant, scheint mich Ivenacker Herodotenblut in zu sein; is ein Jagdpferd, wie's ins Buch steht. Es wird hier auch auf Jagd geritten, indem daß eine Amazonin darauf sitzt und sich mit en Undird fecht't. Was mich nicht gefällt, is, daß das Frauenzimmer wie ein Mannszimmer reitet; ich habe Eddelfrölens und Gräwinnen zu Pferde gesehen, saßen aber alle verdwas un hätten Federhüte auf und lange Kleider. Diese hätte aber eine Nachtmütze auf und geht sehr in kurzen Zeuge. Na, lasse ihr; es mag bei ihr zu Lande jo woll so Mode sein. Was ihre persönliche Körperbeschaffenheit anbetrifft, so is genug davon zu sehen, daß man sie nicht zu die Häßlichen zu rechnen braucht; indessen is dies nicht mein Fach, ich bün mehr for Pferde.

Nach der Besichtigung dieser Amazonin gehe ich denn nun über eine Brücke, allwo verschiedene weibliche und männliche Geschlechter in weißen Marmor auf das Brückengeländer herumstanden. Die weiblichen Geschlechter waren halbwegs in Kleidung, die männlichen hingegen waren in vollständiger Unbekleidung. Ich muß sagen, ich bün sonst nicht sehr schimpflich; aber dies schanierte mich doch sehr, und warum soll ein Mann in meine Jahren sich mit das verletzte Gefühl abquälen? Ich gung also weiter, und als ich en bischen gegangen war, sah ich einen, der mit en Degen von sein Postament herunterfuchtelte; er kam mich sehr bekannt vor: ich ging ran. Wer war's? Der olle Blüchert. – Da stand er, und zwar lebenslänglich.

Er sah sich hellschen ähnlich, und ich freute mich ungeheuer, ihn hier zu sehen, denn ich hatte ihn in Rostock oftmals auf dem Hoppenmarkt bemerkt. Hier trägt er einen gewöhnlichen Soldatenmantäng und hat einen Degen in der Hand, was ihm sehr gut kleidet; in Rostock geht er in einem Löwenfelle und hat einen abgebrochenen Knüppel in der Hand, den sie einen Feldherrnstab nennen; auch hat er eine Inschrift, welche die Stadt Rostock for hundert Luggerdohr bei einen gewissen Goethe bestellt hat, die aber auch man so knappemang tor den halben Preis ausgefallen is. Mich ist sie aus dem Gedächtnis gefallen, denn ich habe for Verse keine Andacht.

Na, ich stehe nun also da und freu mich über ihm als Landsmann, da kommt ein junger Mensch angegangen, ein netter Mann, augenscheinlich ein eingeborner Berliner, stellt sich bei mir hin und sieht auch den ollen Blüchert an und sagt endlich näher tretend zu mir: »Gefällt er Sie?« – »Natürlich«, sag ich, »aber was mich wundert, is, daß sie so einen ollen Helden, der bei der Kafallerie gestanden hat und sein Leblang auf die Mähren rum gerangt hat, ümmer ein Postament zu Fuß setzen.«

»Sie haben recht«, sagt er, »aber Sie haben sich weiß gemacht«, und stellt sich hinter mir und kloppt mir höflich den Puckel ab. »Indessen«, sagt er, »for gewöhnliche Generals wird auf Postamenten kein Pferd gut getan, das is blos for die allerhöchsten Herrschaf-ten, wie Sie das an den Ollen Fritz sehen können«, un somit zeigte er mich ihm, wie er aus die grünen Linden herausreitet.

Ich bedanke mich nun bei ihm for das Abkloppen, un er sagt höf-lich: »O dafor nich!« und sagt: »Adjes« und geht seiner Wege, und ich geh zum Ollen Fritz.

Na, hören Sie, wo is das möglich! So 'ne Ähnlichkeit! Grad so als auf die alten preußischen Zweigroschenstücken. Allens ganz richtig! Und *das* soll ein gewisser Professor gemacht haben und soll sich das all erst aus gewöhnlichen Lehm ausgeknädt haben? Das mag der Deuwel glauben, denn wenn einer das Pferd ansieht, denn denkt er nicht an so einen lateinischen Professor, sondern an einen richtigen Stallmeister. Ne, hören Sie! *Das* Pferd! – Ja, 's ist wahr, ein bischen hohe Aktion in den Vorderknochen, aber freie Brust. Wo pastetisch geht das Tier in bloßen Schritt in die Welt hinein! Grad als wenn das dumme Kreatur wüßte, daß ein König auf seinen Puckel sitzt. Rechts und links un vorne sünd an das Postament den Ollen Fritzen seine Herren Generals und Feldmarschalls angebracht, alle so'ne olle ehrliche, dickköppige, pommersche Gesichter, und damang steht der olle Ziethen, der mir besonders bekannt is, denn was mein Großvaterbruder gewesen is, hat mit ihm dazumalen achtern Busch gesessen, und in unsrer Familie hat sich noch ein alter inzweiiger Stiefel aufbewahrt, der von ihm stammt und den meine Brudertochter, die Madame Ziehlken in Lübz, unter 'ne Glasklocke in ausgestopften Zustand auf ihre Kommode zu stehn hat.

Das einzigste, was mich bei dieser Bildsäuhle nich gefällt, is, daß die Sivilisten hinten unter dem Pferdeschwanz sitzen, was mich doch zu sehr gegen den Respekt scheint.

Nu war mich aber durstig geworden, und ich sehe mir nach einem Erfrischungszimmer um, deren Anzahl in Berlin in Menge zu finden is. Ich finde denn auch eins und gehe hinein. Da sitzen sie nun alle und lesen aus der Zeitung. Ich nehme mir also auch eine und lasse mir ein Glas Bier kommen. Meine Zeitung war aber nur eine Beilage, was mir lieb war, denn ich lese die gewöhnlichen bürgerlichen Zustände, als verlorene Sachen, Gummikaloschen, Ausverkauf und neusilberne Teekessel, lieber als die königlichen Regierungsverhältnisse. So komme ich denn also auf den Artikel »Verlaufen«. Da is denn nu erst ein Pintscher, dunn ein Hühnerhund und dunn ein Spitz un dunn *ich selber*. Denken Sie sich, ich selber! Aber, Gott sei Dank, als Jude; mein christlicher Name war nicht darin bekannt. Dieser mir sehr unangenehmer Parragraf der Zeitung lautete folgendermaßen:

»5 Taler Belohnung!

Seit gestern nachmittag ist aus dem Scheibleschen Hotel am Gensdarmen-Markt mein Onkel Levi Josephi aus Prenzlau spurlos verschwunden. Menschenfreunde werden aufgefordert, denselben, wo sie ihn auch finden mögen, aufzugreifen und gegen obige Summe in dem benannten Hotel an mich abzuliefern.

Moses Löwenthal, Wollhändler und betrübter Neveu

Signalement des Herrn Levi Josephi:

Größe: klein

Stärke: sehr stark

Nase: dick und schnupft

Augen: grau und wohlwollend

Mund: gewöhnlich, aber ausdrucksvoll

Haar: unnatürlich, eigentlich eine fuchsige Perücke, die nicht mit Eiweiß, sondern mit einem schwarzen Bande unter dem Kinne befestigt wird

Religion: mosaisch

Sprache: ein sehr richtiges Hochdeutsch, ohne jede jüdische Beimischung.«

Nun tun Sie mir den Gefallen und machen Sie sich eine Einbildung von meinem Ärger. Läßt mir dieser Judenbengel unter die verlaufenen Hunde in die Vossische Zeitung setzen! So lange hatte ich mir nur vor der geheimen Polizei wegen der ßackermentschen Judenschaft in acht zu nehmen, nun konnte mich jeder, der fünf Taler verdienen wollte, arretieren und abliefern. Ich sehe mich um in dem Lokahle und sehe dort verschiedene Gesichter, die imstande waren, ihren eigenen Vater und Mutter an Moses Löwenthalen abzuliefern. Ich male mir dies vor Augen, und der Angstschwitz bricht mir aus, nicht for den dummerhaften Judenjungen, ne, for den Skandal, der auf mein Renommeh fallen mußte. Ich will mir diesen Schwitz abtrocknen, lange in die Tasche und suche nach dem Schnupptuch. – Ja, prost Mahlzeit! Hätte ich auch einen? Ich hätte keinen, und ich hätte doch heute morgen einen gehabt; als die lateinischen Ökonomiker abreisten, hätte ich ihnen mit meinem rotundgelbseidenen Schnupptuch noch freundschaftlich nachgeweht. Kein Mensch war mir sörredessen zu nahe gekommen – ja doch: der eingeborne Berliner, der mich bei Blücherten abgekloppt hatte; aber wie wäre das möglich? – Der Mann wäre ein gebildeter Mensch, und denn in Gegenwart von den ollen Blüchert! – Aber der Schnupptuch blieb weg.

Mir wurde doch ganz ängstlich bei dieser offenbaren Taschendieberei, ich denke also an meinem Gelde und fasse mich unter die kurzen Rippen, wo ich es verfestigt hatte. Gottlob, das Geld war noch da; aber nun fiel mir ein, daß ich mein Bier bezahlen mußte. Aber wie? Ich konnte mich hier im Beisein der ganzen Gesellschaft doch nicht entkleiden, einesteils wegen der Schicklichkeit, andernteils wegen des Verrats meines geheimen Aufbewahrungsplatzes.

Ich denke also: ›Sollst vor die Tür gehen, denn wird sich das woll finden.‹ Aber sowie ich den Drücker anfieß, sprang mit einem Male ein sogenannter Kellnöhr vor mich zu und sagte: »Um Vergehung! Sie haben vergessen, Ihr Bier zu bezahlen.« »Dieses nicht, junger Mann«, sage ich. »Lassen Sie mich bloß heraus; ich komme gleich wieder rein und bezahl Sie allens.« »Wer ein Narr wär!« sagt dieser Bengel, »ich habe schon viele gesehn, die rausgegangen sünd, aber wenige, die wieder reingekommen sünd.«

Na, nu begehre ich denn auf, und es wird ein sehr lauter Spektakel, und die verschiedenen Leser kucken aus ihren Zeitungen in die Höhe.

Mit einem Male springt einer auf und ruft: »Wo ist die Beilage zu der Vossischen? Das is er, das muß er sein!« Und die andern springen auch auf, und dauert nicht lange, kommt die ganze Gesellschaft um mich rum zu stehen und kuckt mir neubegierig an. Und der eine fragt: »Um Vergebung zu fragen«, sagt er, »sind Sie nicht Herr

Levi Josephi aus Prenzlau, auf den seinen Kopp fünf Taler Belohnung stehen?« – »Hol Sie der Deuwel!« sag ich. »Aber«, sag ich, »Not kennt kein Gebot«, und damit drehe ich mir halb gegen die Wand zu und knöpfe mir die Weste ekzetera und so weiter auf.

Nun wird es denn um mich herum ein großes Gelächter, welches sich augenscheinlich auf meine Aufknöpfung bezog. Aber ich war nun über die Schanierlichkeit weg und sage ganz ruhig zu dem Kellnöhr: »Hir is 'ne Luggerdohr. Geben Sie mich Kleingeld wieder raus.« Und stell mich mit dem Rücken gegen die Wand in Erwartung, daß mich nu einer arretieren wird; aber sie lachen bloß, und ich sehe ihnen stramm in das Gesicht.

Der Kellnöhr bringt mich das kleine Geld, ich stecke die harten Dahlers in meinen vermeintlichen seidenen Geldbeutel, binde ihn an Ort und Stelle fest, steck die Viergroschenstücke for zukünftige Fälle in die Westentasche, knöpfe mir wieder zu und gehe in ruhiger Gelassenheit an die Türe.

Da kömmt einer, der vorzüglich »Hanns vor allen Hägen« war, an mich ran und sagte: »Herr Levi Josephi aus Prenzlau, ich werde mir die fünf Taler verdienen und werde Ihnen an Ihren betrübten Neveu ausliefern.«

»Schön«, sag ich, »kommen Sie man ran! Ich werde Ihnen auch was ausliefern.«

Zu diesen Austausch von gegenseitigem Liebesdiensten schien er keine Lust weiter zu haben, und ich ging aus der Tür; abersten in derselben blieb ich bestehen und drehete mich um und sagte mit eindringlicher Nachdrücklichkeit: »Schämen Sie sich, Herrens, wegen der Spitzbubenzustände von Berlin, was 'ne Haupt- und Residenzstadt sein will, in welcher aber ein ehrlicher Mann sein bischen Vermögen auf nackigtem Leibe tragen muß, stats in der Hosentasche. Nein! Malchin und Wohren« – denn nun rührte sich mein vaterländisches Gefühl auf – »sünd viel kleiner als Berlin; abersten da können Sie von einem Tor zum andern gehn, mit einem Geldbeutel hinten und einem Geldbeutel vorn, und wenn er auch 'ne halbe Elle aus der Tasche raushängt, aber kein Schilling wird Sie da entfernigt.«

Und damit schmiß ich die Tür zu und stürzte mich aus der Restauresteratschon auf die Straße.

Ich ging nu eine Alleh lang, die aus Linden besteht – weshalb sie auch »die Linden« genannt wird – und komme so an einem Tore, welches das Bramborgsche genannt wird, weil es da nach Scharlottenburg zugeht.

Grade so, wie bei alle andern mir bekannten Tore, fährt man hier durch, bloß eine eiserne Bildsäule fährt mit vieren – breitgespannt – über dem Tore weg.

Als ich draußen nun so steh und mir das obige Fuhrwerk anseh, kommt ein Herr, und ich wende mich an ihm und frage: »Um Vergebung! Wer is die Persohn da oben? Wen stellt sie dar?« – »Das ist die Viktoria«, sagt er und geht weiter. »Also *die* is das!« sage ich zu mir. »Das streit ich gar nicht. Und zum Zeichen, daß sie Königin von Engelland is, haben sie ihr mit Flüchten abgebildet.«

Sie is aber wohl schon in ihrer Jugend abgenommen, denn nach meiner Rechnung und nach dem meckelnburgschen Staatskalenner muß sie auf Stun'ns auch schon in die Jahren sein. Sie kutschiert sich selbst, wie das die Engelländerinnen auch taten, die bei meinem früheren gnädigen Herrn Grafen zum Besuch kamen; auch fährt sie langengelsch, aber mit vier Pferde breit – zwei auf der Wildbahn –, wie ich das männigmal im früheren Zeitalter bei pohlnische Juden gesehen habe. Was den Pferden betrifft, so waren sie mir zu entfernt, auch konnte ich sie nicht von allen Seiten munstern, indem mir nahmentlich ihre Hinterknochen verborgen blieben. Sie schienen mir aber eine gute Art Kutschschlag zu sein; auch kulören sie. Ich hätte aber Geld darum gegeben, die Anspannung zu besehen; denn wo is es möglich, daß einer – und noch dazu eine Dame – mit vier Pferden breit fahren kann ohne Distel (Deichsel)!

Indem daß ich mir hierüber noch den Kopf zerbreche, gehe ich weiter und befinde mich bald darauf nach Aussage eines angetroffenen Schutzmanns in dem Tiergarten. »Um Vergebung!« sage ich zu ihm, »in diesem Garten sollen jo woll noch würkliche wilde Biester sein, wie Affen, Bären und Kameeler!«

»O ja«, sagt er, »es sünd noch welche; aber nicht in der Freiheit hier herum, das wäre polizeiwidrig; nee, sie sitzen alle in Prison in einem eingerichteten Garten, und wenn Sie dahin wollen, dann müssen Sie erst hier links und dann rechts und dann so und dann so und dann ümmer gradaus gehen.«

Na, ich bedanke mir denn natürlich und geh natürlich nun auch rechts und links un so un so un zuletzt auch gradaus und verbiester mir denn nu auch natürlich, indem daß ich grade auf einem Stackettengeländer loskam. – Weilendessen ich nun hier noch stand und ruminierte, wo ich mich hinschlagen sollte, kommt ein Mensch, den ich so for einen Maurergesellen außer Dienst taxiere, auf der andern Seite von das Stackett zu stehen. »Lieber Freund, wo komme ich woll von hier in den wilden Tiergarten?«

»Kommen Sie mal en bischen besser ranner«, sagte er; und ich komme auch dicht an das Stackett heran! – »Sehen Sie woll da das Hesternest in jener Pappel?« sagt er und zeigt über meiner Schulter rüber. – Ich dreh mich also um und seh auch das Hesternest und sag: »Ja«, sag ich, »ich seh's.« – »Na«, sagt er und legt mir die Hand vertrauensvoll auf die Schulter, »denn sehen Sie nicht rechts noch links, sondern sehen Sie sich ümmer das Hesternest an.« – »Schön«, sag ich, denn ich denke, er will mir 'ne Art von Kontenanzpunkt geben, wonach ich mir richten kann. – »Und denn leben Sie wohl!« sagt er und nimmt mir meinen Hut ab, macht mir mit meinen eigenen Hut 'ne Verbeugung, schmeißt mir über das Geländer das seinige schauderhafte Etablissemang von einem Maurerhut vor die Füße und verliert sich ohne Wiedersehen in die nebenbei befindliche grüne Buschkasche. – Und zwischen uns das vierfüßige Stackettengeländer!

Da stand ich nu und sah mir abwechselnd den Maurerhut und das Hesternest an, wobei sich mir eine große Ähnlichkeit zwischen beiden aufdrang.

Aber was tun? – Über das Geländer könnte ich nicht herüber, und den Hut könnte ich doch nicht aufsetzen; ich resolvierte mich also rasch und ging denselben Weg wieder zurück, daß ich doch erst bloß wieder in bewohnte Gegenden käme.

Dies Glück gelang mich denn auch bald, indem daß ich einen kleinen, nüdlichen, auferweckten Straßenjungen traf, der mich for einen Silbergroschen nach dem zotologischen Garten brachte, natürlich in bloßem Kopfe, d. h. mit bloßer Perücke. Entreh: vier Groschen. Ich bezahlte und konnte nun reingehen. Hier ist nun eine merkwürdige Einrichtung getroffen, die mir dem bekannten Post- und Reisespiel aus meiner Jugendzeit entnommen zu sein scheint. Es stehen nähmlich an den Wegen lauter Wegweiser, die ümmer von einer Kreatur zur andern zeigen, wobei man sich aber in acht nehmen muß, daß man keine überschlägt, wie mich das passiert ist; denn dann kann es existieren, daß man total in Bisternis kommt und daß man, wie ich z. B., einen Eisbären for eine Löffelgans hält.

Hier in diesem Garten sünd nun sehr verschiedene Markwürdigkeiten, meistens vierfüßige, aber auch Vögel und Ungeziefer. Sie alle zu beschreiben is nich nötig, denn sie stehen schon gedruckt in einer kleinen Naturgeschichte, die man for vier Schilling beim Entreh mitkauft. Außer Affen, Bären, Kameeler, die auch bei uns in Meckelnborg in der Vorzeit auf Jahrmärkte begänge waren, nu aber an der Gränze von der Polizei als Tagediebe abgewiesen werden, habe ich allhier kennen gelernt: den Pepitahirsch, ein Prachtstück von einem Achtzehnender, vorne gut aufgesetzt und mit schöner Aktion in dem Hinterteile, dann zweierlei Schweinerassen aus Amerika, von denen die eine der Markwürdigkeit wegen keinen Schwanz hatte; scheinen mich aber beide keine Mastungsfähigkeit zu haben; ferner die sogenannten reißenden Tiere, wie Hiähnen, Tigers und Löwen, die zum Frühstück und zum Mittag- und Abendessen rohe Biewstücks essen; aber ohne Pfeffer und Zwieweln, wie es jetzund die *Reisenden* genießen. – (Ahpropoh! Dies soll von mich ein Witz sein!) –

Wie ich man gehört habe, haben sie hier eine kleine Löwenzucht einrichten wollen; es is aber nich gegangen, weil mang die drei Löwen keine Löwen-Sie gewesen is.

Ferner war hier auch eine Art von Vogel Strauß zu sehen, der sich bei sich zu Hause aber »Casimir« nennt; er soll natürliche Eier legen, obgleich er von die schwarzen Mohren zum Spazierenreiten benutzt wird. Ih, ja! Knochen hat er; aber man zwei; von Vorderteil und Hinterteil is gar nicht bei ihm die Rede, und wo soll denn da 'ne richtige Gangart herauskommen? Es is also wohl nur ein Läuschen.

Nachdem ich dies und noch vieles andere gesehen hatte, will ich schon nach Hause, d. h. nach Berlin, gehen, da fällt mir ein Parragraf aus der kleinen Naturgeschichte in die Augen, welcher lautet: »Der Lama. Er trägt Wolle und Lasten, läßt sich auch reiten und ist sehr flüchtig, ist also gleichsam aus einer Vermischung von Schaaf, Kameel und Hirsch entstanden.« Dies war mich denn doch ein bischen zu bunt, darauf konnte ich mir keinen Vers machen; ich denke also, das Beste is, du besiehst ihn dir perßöhnlich. Ich suche ihn und finde ihn. Da steht er: dallohrig, vorne französch und hinten kuhhessig, mit 'ner Farbe, die's gar nicht gibt. Wie er mir bemerkt, kommt er piel auf mich los und steckt den Kopf über die Stacketten, legt seine Dallohren zurück und zeigt mir sein Gebiß.

›Ih‹, denk ich, ›büst du so einer, der von Natur schon falsch is, denn sollst du noch falscher werden.‹ Ich narr ihn also, indem ich ihm mit einem Stock auf die Nase kloppe. Sehn Sie, da wurde dieser Lama doch so boshaft, daß er ordentlich mit die Beine trampelte. Na, ich hau ihm noch eins auf die Schnauze; aber da – Gott soll mich bewahren! – spuckt mich das entfahmte Biest eine stinkerige Salwe über den bloßen Kopp und das Gesicht und die übrigen Kleidungsstücke, daß ich denke, mich sollen die Ohnmachten antreten.

»Wischen Sie ab! Wischen Sie rasch ab!« ruft mich eine Stimme zu, die ich aber nicht sehen kann, weil mich die Augen verkleistert sind, »wischen Sie rasch ab! Der Gift frißt Ihnen sonst die Kleider entzwei.«

Aber womit? Mit dem Schnupptuch? Ja, hätte ich auch einen? – Ich hätte keinen. – Ich fühle aber, wie mich der bis jetzt noch ganz unbekannter Freund zu krigt und mir wischt, und als ich die Augen aufmachen kann, sagt er: »Aber warum holen Sie nicht Ihren Schnupptuch raus?« – »Weil sie mich den gestohlen haben.« – »Wo haben Sie denn Ihren Hut?« – »Weil sie mich den auch gestohlen haben.« – »Haha«, sagt er und lacht, »Sie sind also woll noch ein Grüner?«

Sehen Sie, das is das Ganze, woher sich der obige dumme Schnack auf der Kegelbahn stammt, mir hat keiner grün angemalt, sondern dieser Mann hat mir bloß grün benannt, und das is nich in den Affenkasten gewesen, das passierte mir bei der Lamabucht.

Wie er mich nun so abwischt, kömmt er auch unterhalb die Magengegend und fragt: »Was haben Sie denn hier for einen Knudel?« – »Das ist mein Geldbeutel«, sag ich, »den ich da wegen der Taschendiebe verfestigt habe.« – »Das is recht«, sagt er. »Sie scheinen mich ein vorsichtiger Mann zu sein. Aber wo in aller Welt kommen Sie zu diesem Lama?« – »Je«, sag ich, »ich wollt ihn bloß en bischen brüden«, und dabei seh ich mir meinen neuen Freund genauer an.

Er hätte Stulpenstiewel und einen Mäckintosch an, obschonst die Witterung trocken wie ein Spohn war, und in der Hand hätte er eine Reitpeitsche. Ich sage also zu ihm: »Auch woll ein Ökonomiker?« – »En richtigen!« sagt er. – »En Meckelbürger?« frag ich. – »Beinah«, sagt er. »En Ukermärker.« – »Kennen Sie woll einen gewissen Trebonius, Colonius, Pistorius, Prätorius und Livonius?« – »Sehr gut«, sagt er. »Sind meine besten Freunde.« – Na, nu wußte ich denn, daß ich mit einem ordentlichen Menschen zu tun hatte, und wir gehen zusammen aus dem wilden Tiergarten.

Mein neuer Freund und Mitkollege erzählte mich denn vielerlei, denn er hatte es hellischen mit's Maul. »Herr Entspekter Bräsig«, sagte er – denn ich hatte mir mit meinem christlichen Namen namkünnig gemacht, und er auch, und hieß »Bohmöhler« –, »Herr Entspekter«, sagte er also, »Sie is es akkerat mit dem Lama so gegangen wie die Zehlendorfer Bauern mit dem großen französischen Filosofen Wolltähr. Kennen Sie ihm?« – »Ne«, sage ich, »einen gewissen Wolter kenne ich wohl, aber das ist ein Zuckerkanditer in Stemhagen.« – »Den meine ich nicht«, sagte er, »ich meine Wolltähren, welcher ein Zeitgeist von den Ollen Fritz war. Na, diesen hatte sich der Olle Fritz aus Frankreich verschrieben, indem daß er bei ihm noch in die französischen Provatstunden gehen wollte. Na, er kam auch, war aber schauderlich häßlich anzusehen und dabei war er ein nichtswürdiger falscher Karnallje. Nun begab es sich aber, daß dieser Wolltähr einmal bei 'ner Gelegenheit einen von den Ollen Fritzen seine Kammerjunkers häßlich auf die Leichdörner trat. Na, die Kammerjunkers – haben Sie *die* Art auch bei sich zu Hause?« – »Natürlich«, sage ich, »denn wir leben in Meckelnborg auch in einem nützlichen Staate.« – »Na, also die Kammerjunkers sünd überall hellisch pfiffige, junge Menschen, und dieser war einer von der richtigen Sorte. Er wollte Wolltähren einen Sticken stechen, und weil er wußte, daß dieser in einer Kutsche zu dem Alten Fritz nach Potsdamm in die Provatstunden fahren mußte, jagte er zu Pferde vorauf nach Zehlendorf und sagte zu die Bauern im Kruge, sie sollten aufpassen, es würde eine Kutsche kommen, da säß den Ollen Fritzen sein Leibaffe in, und sollten ihn jo nicht rauslassen, denn das Biest wär falsch und rackerig und biß auch. Na, als die Kutsch' nu anhielt, stellten sich die Bauern um den Wagen, und als Wolltähr nu raus wollte, klopften sie ihn immer auf die Finger und tahrten ihn: ›Trrr Ap! Bittst ok?‹ Und wenn er die Nase raussteckte, denn krigte er eins auf den Schnabel: ›Trrr, Ap! Bittst ok?‹«

»Herr Entspekter Bohmöhler«, sage ich, »Ihre Geschichte paßt auf meinem Lama ganz genau, bloß daß mich zuletzt dieser seinen Gift in die Augen verabfolgte.«

»Oh«, sagte der Herr Entspekter, »wenn's weiter nichts ist! Das hat Wolltähr auch getan, der hat seinen Gift nicht bloß über die dummen Zehlendorfer Bauern, nein, über den König und das ganze preußische Land ausgespien.«

In dieser Art unterhalten wir uns denn nu miteinander und kommen in die Stadt und gehen hierhin und dahin, und endlich sagte mein Mitkollege zu mir: »Wollen ein Glas Bier trinken.« Und ich sage: »Man zu!«

Wir gehen denn also in einen Keller; aber – hören Sie mal! – wie ich darin meinen Eintritt nehme, da is mir denn doch auch grade, als wenn mir einer mit der Äxt vor den Kopp schlägt, so verschrak ich mich, denn – sehen Sie – vor mir an den Tisch saß der offenbare Halunke von Bundesbruder, der Meister vom Postwagen im Osten und Westen und Ritter von der Eiserbahn dritter Klasse, und trank sein Bier wie die unschuldigste Seele.

Na, ich fahr denn nu natürlich auf ihm los und sage: »Entfahmtigter Karnallje –« – »Ach so«, fiel mir hier mit ein ziemlich langes Gesicht der Herr Entspekter Bohmöhler in die Rede, »die Herren kennen sich?« – »Ei was!« sag ich. »Was hier von Kennen? Dieser abgefeimte Halunke hat mich schön in die Tinte gebracht!«, und ich erzähle die ganze Geschichte, wobei alle die Umstehenden um mich herumstanden und lachten; bloß dieser heimtückische Attentäter sagte kein Wort und trank ruhig sein Bier.

Als ich nun von meiner langen Verzählung und vor Bosheit aus der Pust war, sagte er ganz ruhig: »Sünd Sie nu fertig?« – »Ja«, ruf ich. – »Na«, sagt er, »denn zeigen Sie mich mal, woans Sie's gemacht haben, als Sie wieder nach Berlin retuhr wollten?« – »So hab ich's gemacht«, sag ich und pfeiff dreimal und kloppe mir mit dem Zeigefinger der rechten Hand dreimal auf die Nase. – »Ja«, sagt er, »denn bedaure ich sehr, denn haben Sie's falsch gemacht; wenn Sie wieder *retuhr* wollten, denn hätten Sie mit der linken Hand sich in der Zeichensprache ausdrücken müssen.« – »Ja«, sagt der Herr Entspekter Bohmöhler, »denn haben Sie's falsch gemacht.« – »Ja«, sagt ein sehr nobel aussehender Herr, »denn haben Sie's falsch gemacht, denn – sehen Sie – wir alle hören zu diesem wohltätigen Verein, und hier werden unsere Sitzungen gehalten, und *wir* müssen's doch woll wissen.«

Was sollte ich dazu sagen? – Ich schwieg, gruns'te mir aber inwendig, und endlich sagte ich giftig zu diesen nobeln Herrn: »Wenn Sie denn doch allens so genau wissen, denn werden Sie auch woll wissen, wo meine Taschenuhr geblieben ist.«

Sehen Sie – da stand mein erster Bundesbruder in der Höhe, drückte mir mit ernsthafter Zutraulichkeit die Hand und sagte: »Ich weiß es, und hier is sie«, und damit überreichte er mir herzlich meine langjährige Taschenuhr.

»Herr«, sage ich, »wo kommen Sie zu meine Taschenuhr?«

»Das ist ein Geheimnis«, sagt er, »und wenn Sie noch länger mit unserm wohltätigen Verein verkehren, denn werden Sie noch die verschiedensten Geheimnisse kennenlernen. Fragen Sie jetzt nicht darnach. Vorläufig gereicht es mich zu 'ner besonderen Ehre, daß ich einem Ehrenmann sein ehrenwertes Eigentum restatuwieren kann«, und dabei wischte sich dieser Krokodil eine feuchte Träne aus seinem Auge.

Na, nu wäre es gegen alle christliche Besinnung gewesen, wenn ich nun noch an meine Bundesbrüder Zweifel hätte hegen wollen; aber bei die vielen Geschichten, die mir passiert waren, war ich doch etwas koppscheu geworden, und ich setze mir also vorsichtig hinter einen langen Tisch mit dem Rücken gegen die Wand, wodurch ich ihn mir klugerweise zu decken dachte, was sich aber nachher als eine ausgesuchte Dämlichkeit auswies. Neben mir saß mein Bundesbruder, und auf der anderen Seite setzte sich der benannte noble Herr, und mir gegenüber mein Mitkollege, der Herr Entspekter Bohmöhler. Wir tranken also unser Bier und sprachen von dies und das, und darauf ließ sich mein nobler Herr Nachbar Karten geben und spielte mit seinem Fisawih Sechsundsechzig. Ich kuckte zu.

»Spielen Sie auch Sechsundsechzig?« fragte er. – »Oh, woll!« sag ich. – »Na«, sagt er, »denn sehn Sie mal. Soll ich decken?« – »Natürlich!« sage ich, denn er hätte eine Marriasche und die beiden öbbersten Trümpfe und eine starke Garrantion in Piek.

»Wenn er deckt, denn verliert er«, ruft mein Mitkollege Bohmöhler über dem Tische herüber, denn er kuckte dem andern Spieler in die Karten. »Er gewinnt en dreifachen!« ruf ich. – »En Taler«, ruft er, »er verliert das Spiel.« – »Einen Taler gegen«, ruf ich, denn ich war hitzig geworden; aber mich wurde bald wieder so zumut, als wenn mich einer ein Eimer kalt Wasser über dem Kopfe stülpte, denn denken Sie sich, das dumme Vieh von noblen Herrn, auf welchen ich mein Parreh hielt, spielte die Garrantion in Piek aus, welche Schläge kriegte; das andere Part riß ihm nu die Marriasche inzwei, und das Spiel lag in den Graben.

»Gewonnen!« rief der Herr Entspekter Bohmöhler. – »Ja«, sag ich, »wenn's so geht!« Aber weil daß es eine von meine angenommenen Prinzips ist, mich nie bei's Spiel zu streiten, so drücke ich mich ganz dicht an den Tisch heran und knöpfe mir heimlich auf, wobei ich mir nicht entsagen konnte, in meinem Herzen zu denken: ›Von einem Ochsen ist nicht mehr als Rindfleisch zu verlangen.‹ Womit ich den noblen Herrn meinte.

Als ich nun meinen Geldbeutel losgebunden hatte, hole ich aus ihm einen harten Taler raus und recke ihm über dem Tische meinem Mitkollegen zu, indem ich den Geldbeutel noch verloren in derselben Hand behalte. Bei dieser Gelegenheit stehe ich auf und werde mit meinen aufgeknöpften Gegenständen sichtbar; der Herr Entspekter Bohmöhler fängt über mir an zu lachen und zeigt auf meine Verlegenheit, und, indem daß ich mich mit meiner linken Hand zu verhüllen suchte, nimmt er mir den Taler aus meiner rechten – aber auch den Geldbeutel.

»Herr«, sage ich kurz und ärgerlich, denn ich war falsch geworden, »geben Sie mich den Geldbeutel wieder her.« – Er steht da und lacht. – »Herr«, sag ich, »Dummheit lacht. Geben Sie mich mein Eigentum.« – Er lacht weiter, geht aber auch weiter nach der Tür zu. – »Da soll doch das Donnerwetter dreinschlagen«, sage ich und will hinter dem Tisch raus, kann aber nicht, denn hinter mir hätte ich die

Wand, vor mir den Tisch und zu beiden Seiten den Bundesbruder und den nobeln Herrn.

Und – sehen Sie – dies war die obenbenannte Dämlichkeit, die ich aus Vorsichtigkeit begangen hatte. Was hatte ich mich an die Wand zu setzen?

»Lassen Sie mich raus!« sage ich zu dem Bundesbruder. – »Oh, lassen Sie doch!« sagt er. »Er macht jo bloß Spaß.« Und dabei lacht mich der Halunke von Entspekter grade in das Gesicht, macht die Türe auf, nickt mir noch mit einem Abschiedsgruß zu und geht raus.

Nu aber war's denn auch rein mit mir zu Ende; ich kriege den Bundesbruder links und den nobeln Herrn rechts zu packen und sage: »Karnalljen, entfahmtigte Spitzbuben-Karnalljen, laßt ihr mich nicht raus?« Und somit spring ich auf den Stuhl und will dwas über den Tisch. Da halten sie mir an die Rockschlippen fest, und was mein Karnallje von Bundesbruder war, sagte: »Ich bitt Ihnen um tausend Pfund! Sie können doch in diesem Zustand Ihrer Extremitäten nicht auf die offenbare Straße! – Meine Herrens!« sagt er, »halten Sie ihn fest, ich will ihn erst zuknöpfen«, und dabei fängt dieser Krokodil an, mir hülfreiche Hand zu leisten.

O Judas! Judas! Dieselbe Taschenuhr, die er mich vor einer halben Stunde mit Tränen in den Augen restatuwierte, hat er mich, wie sich das nachher auswies, mit heimlichen Lachen beraubt.

Aber ich schlug um mich wie ein angeschossen Hauptschwein und stürz mich auf die Straße, habe aber noch so viel Besinnung, die Schlippen vorn zusammenzunehmen. Ich laufe die Straße rauf, ich lauf sie wieder runter. Je, ja! Je, ja! Da war kein Bohmöhler und kein Ökonomiker zu sehen; aber alle Leute stehen still und sehn mich an.

Was sollte ich verratenes Wurm nun tun? Da tritt ein Schutzmann an mich heran und sagt: »Sie is gewiß was passiert?« – »Ja«, sag ich, »das kann ein alt' Weib mit dem Stock fühlen.« – »Wenn Sie würklich was passiert is«, sagt er, »dann sagen Sie's nur, denn ich bin dafor angestellt.« Und ich sage ihm denn den betreffenden Umstand.

»Wo is dies gewesen?« fragt er. – »Hier in diesem Keller«, sag ich. – »Na«, sagt er, »denn sünd Sie auf's richtige Flach gekommen.« Damit geht er in den Keller, und ich folge hinter ihm.

Hier aber hatte eine Eule gesessen, der ganze Eiserbahnverein hatte sich aufgelöst und war flöten gegangen; kein Mitglied war vorhanden. Die Polka-Mademoiselle, welche das Bier eingeschenkt hatte, hatte keinen von die anwesenden – jetzt abwesenden Herrn – gekannt, bloß mich erkennete sie wieder, was sehr freundlich von ihr war, und wobei sie auch lachte.

»Haben Sie denn keinen mit Namen nennen hören?« fragte der Schutzmann. – »Ja woll!« sage ich. »Der Hauptspitzbube war der Herr Entspekter Bohmöhler aus der Ukermark und en Mitkollege von mir.« – »Na, ob der einer gewesen ist, wird sich ausweisen«, sagte er, »aber Sie sind also einer?« – »Ja«, sage ich, »en richtigen. Entspekter Bräsig aus Meckelnborg.« – »Haben Sie einen Paß?« fragt er. – »Hier«, sage ich.

Aber – hören Sie – indem daß ich dies sagte, wurde ich mir wieder als Levi Josephi bewußt, was ich in der Hitze meiner Aufregung ganz vergessen hatte. Mit meiner Besinnung war es aber zu spät, er hatte mich den Paß schon abgenommen, und als er meine jüdische Quahlität darin fand, wurde er verdeuwelt hellhörig aussehen. Er zog nun noch ein anderes gedrucktes Pappier heraus und las darin und denn in dem Paß und denn munsterte er mir von oben bis unten, und denn las er wieder, und denn munsterte er wieder. Ich stand da wie Botter an de Sünn.

Endlich sagt er zu mir: »Kommen Sie man mit, es ist dies eine Prüfung, die Ihnen Gott schickt.« – »Wenn das 'ne Prüfung sein soll«, sage ich, »denn is es man eine sehr dumme, denn ich bün ein ehrlicher Mann«, gehe aber mit ihm; aber natürlich in Haaren, d. h. in der bloßen P'rük.

Aber wo bringt mich der Kerl hin? In dem Hohtel an dem Schangdarmen-Markt.

Als ich da vor die Türe zu stehen komme, springt der kleine Kellnöhr aus der Tür und ruft: »Hier is er!« Und der Wirt kommt raus und sagt: »Gottlob, da is er!«, und der Schutzmann fragt: »Nicht wahr? das is er!« Und somit arretieren sie mir da sämtlich und bringen mir nach Moses Löwenthalen seine Nummer rauf, und der kleine Kellnöhr reißt die Stubentür auf und ruft: »Herr Löwenthal, hier is er!«

Moses Löwenthal sprang vom Stuhl in die Höhe und rief: »Onkel, lieber Herr Onkel, was haben Sie mich for ein Elend gemacht, mich zu versetzen in die Unruhigkeit und in die Ungewißheit, und nicht zu wissen, wo Sie sind gestoben und geflogen.« – Nu war mich aber verdeuwelt wenig judenonkelig zu Sinn, und ich sage: »Halten Sie Ihr Maul mit der Judenschaft und der Onkelschaft! Ich will nichts davon wissen. Ich bün nu wieder Entspekter Bräsig.«

Während ich nu so meinen Grimm auslasse, geht der Schutzmann mit vorgehaltene offene Hand auf Mosessen los und sagt: »Ich bitte mir das versprochene Dußöhr von fünf Talern aus for die Beibringung des Herrn da.« Nun verschrak sich Moses, nu wollte er nich; aber er hätte es einmal ausgepriesen, und nu müßte er. Der tiefbetrübter Newöh bequemte sich endlich mit Hängen und Würgen, und als er nu glaubte, nu wäre allens glatt und schier, da kehrte dieser Schutzmann seine rauhe Seite zum Vorschein und erklärte, uns wegen gefälschte Paßverhältnisse arretieren zu müssen, und als Moses mit Hand und Fuß dagegen renommierte, sagte der Schutzmann ganz ruhig, er solle sich man ein bischen gedulden, es würde sich allens finden. Mir hielte er bloß for einen ollen, einfältigen Vogelbunten, der sich dummerweise mit die Berliner Schwindler eingelassen hätte, aber Mosessen hielte er for eine abgefeimte Karnallje, denn er hätte es wohl mit angesehen, wie fein er gestern dem Rewerendarius den Judenpaß abgeschwindelt habe.

Was half das all? Wir mußten in die Droschke steigen; der Wirt – ein braver Mann, der mir ordentlich lieb gewonnen hatte – lieh mich einen Hut, der mich natürlich viel zu groß war, weil wir mit Köpfen nicht stimmten, und so ging's denn hin nach Nummer Sicher.

Mit der Weile war es aber dunkel geworden, und zu einer Vornahme zum Verhör konnte es nicht mehr kommen, sondern wir wurden einfach in ein Behältnis eingespunnt, worin sich außer zwei Strohsäcken nur wir allein befanden.

Moses resaunte und posaunte die halbe Nacht, er schimpfte auf die Berliner Polizei, auf mir und auf die Flöhe; denn es war in der heißen Sommerzeit. Ich war still, ich hatte mich dreingefunden, denn ich hatte mir selber wiedergefunden, und Flöhe tun mir nichts,- was ich dem frühzeitigen und mannigfaltigen Umgang mit Pferden zuschreibe; ich schlief ruhig ein, denn ich war müde und hatte die vorige Nacht wenig geschlafen.

Den andern Morgen wird die Tür aufgeschlossen, und herein kommt ein Mensch mit ein großes Bund Schlüssel und sagt weiter nichts als: »Guten Morgen! Zum Rasieren!« Und hinter ihm her kommt en langer Mensch mit aufgekrämpte Ärmel und en Scherbeutel. Nu hatte ich allerdings natürlich schon einen dreitägschen Bart; aber noch meintage nich hatte ich mir eine frömde Hand in das Gesicht kommen lassen. Ich sage also: »Bitte, geben Sie mich das Geschirr her, ich will mich selbst rasieren.« – »Daß Sie sich hier vor unsern sichtlichen Augen den Hals abschneiden!« sagt der Kerl mit die Schlüssel. »Ne«, sagt er, »so dumm sünd wir hier nicht.« – Gott soll mich bewahren! Wo schlecht mußt' meine Sache stehn, daß sie eine Handanlegung bei mir vermuteten! Na, ich sage aber nichts und setze mich wie ein Lamm auf die Schlachtbank; aber was ich geduldet, kann sich jeder denken; denn ich habe überall einen starken Bart und diesmal einen dreitägschen, und dazu bün ich noch in meine jungen Jahren hellschen mit die Pocken behaft gewesen, weswegen Knüppel – der ümmer voll schlechte Witzen steckt – mein Gesicht ümmer das Waffelkucheneisen nennt. Denken Sie sich nun bei diesen Voraussetzungen dazu, daß dieser Balbier nur ein einzigstes Messer besaß, was for alle passen mußte, und Sie können sich meine Tortur einbilden. Er schund mir also auch gehörig und mußte mir wegen der Blutung Feuerschwamm auflegen, wodurch es sich auch stoppte. Mit Mosessen gung es besser, weil er bloß einen eintägschen hatte, obschonst er auch nüdliche Gesichter zog, als er unter dem Messer befindlich war.

Sie gingen, und wir waren wieder eine Zeitlang allein, da wird wieder aufgeschlossen, und der Kerl mit das Schlüsselbund kuckt in die Tür und ruft: »Mitkommen!« Das ist nämlich hier die eingeführte Manier, womit sie einen eine Einladung anzeigen. Na, wir gungen nu auch mit und kamen endlich auf einem Hofe, allwo ein einfacher Stuhl stand und hinter dem eine Art Bettschirm. »Sitzen gehn!« rief der Kerl und winkte mir.

47

»Wie Sie sehen«, sagte ich, »bün ich schon balbiert, und zu's zwei-temal habe ich keine Lust.« – »Maul halten!« sagt er. »Sitzen gehn!« – Na, was sollte ich dazu sagen? Die Gewalt hätten sie, und ich könnte mich jo auch hinsetzen, das täte mir jo doch nichts. Ich setze mir also.

Wie ich nun so in der Erwartung sitze, kommt ein Mensch mit einer abschreckenden Maschinerie zum Vorschein und stellt sie mir gerade gegenüber, indem daß er sie auf mich richtet. Na, das is mir denn doch nich gleichgültig; ich springe also auf und sage: »Bleiben Sie mich mit das Ding vom Leibe!« – »Sitzen bleiben!« ruft der entfahmte Kerl wieder. »Ganz still sitzen bleiben!« – Na, was sollte ich tun, die Gewalt hätten sie. Ich setz mir also wieder.

Da fängt Moses an zu lachen und sagt: »Herr Entspekter, wissen Sie was Neues? Sie sollen potografiert werden, ich kenn die Maschinerie, und der Mann mit der Decke überm Kopp ist ein gewöhnlicher Meschantikus.« – »Potografiert?« frage ich. »Moses, tut das weh?« – »Gar nich«, sagt er, »es ist 'ne bloße Abbildung von Ihnen.« – »Also«, sag ich, »es tut nich so weh als das Balbieren?« – »Gott bewahre«, sagt er, »aber Sie müssen still sitzen und dabei lächeln, denn wenn's gut werden soll, müssen Sie lächeln.« – Na, ich sitz nu also auch still und lächel nun also auch auf meine Art, so gut ich's gelernt habe.

Sehen Sie, nu saßen mir aber bei diesem Lächeln die entfahmten Schwammproppen von wegen des Balbierens in dem Wege, und wenn ich recht schön lächerlich aussehen wollte, denn schreinte mich das, und aus diesem Gesichtspunkte ist ein Bild entstanden, welches mich – wie nachher uns' Herr Paster sagte – »unter Tränen lächelnd« darstellte.

Knappmang war der Meschantikus mit meiner Abbildung fertig, so kam der Schutzmann von gestern angelaufen und ranzte den Kerl mit den Schlüsseln an und sagte: »Petermüller, was machen Sie hier for dummes Zeug? Sie sollen den Raubmörder von Nummer 134 potografieren lassen, und nu potografieren Sie Nummer 135, meinen Levi Josephi aus Prenzlau!«

»Herr«, sagte ich falsch, denn diese Schinderei war mich denn doch über – erst balbiert und denn noch potografiert –, »der Deubel is Ihr Levi Josephi, ich bün der Entspekter Bräsig!« »Was Sie sünd, wird sich ausweisen«, sagt er und wendet sich auch an Mosessen. »Rasch! Sie kommen gleich vor.«

Somit ging denn Moses vor mir auf, und ich folgte; aber als wir so die Treppen und die langen Coridons lang gingen, konnte ich sehen: Mosessen bäwerten die Büxen. Mich war auch nicht besonderlich zu Sinn, indessen doch verließ mich nicht das Bewußtsein: Du büst wieder Entspekter Bräsig.

Als wir hereinkamen, d. h. ich allein, denn Moses und der Schutzmann blieben vor der Türe, saß da wieder ein Herr Rewerendarius, von welcher Art sie in Berlin mannigfaltig haben. Er stand auf und kuckte mir grade in das Gesicht: »Sünd Sie ein Jude oder sünd Sie's nicht?« – »Ich hab meinen Herrn Jesum Christum meindag noch nicht verleugnet«, sage ich. – »Schön«, sagt er, »denn sünd Sie der Entspekter Bräsig.« – »Aufzuwarten«, sag ich.

Bei dieser von mir erteilten Antwort stand er auf und besann sich – ich besann mich auch. Darauf setzte er sich un stippte seine Feder in das Dintenfaß und schrieb was und murmelte in den Bart: »Indintifenziert.«

Mit einmal stand er wieder auf und sah mich höllischen an, als wenn ich männigmal in früheren Zeiten so einen Talps von Hofjungen ankuckte, bloß daß ich denn mehr von oben, er aber mehr von unten kuckte, indem daß er noch kürzer verpahlt war als ich selber. »Herr«, sagte er, »Sie haben sich unter einem nachgemachten Namen mit 'ner ganzen Schwindlerbande befaßt.« – »Das wär nüdlich!« sage ich. »Ne, die Schwindlerbande hat sich mit mir befaßt und das gründlich! Denn sie haben mich mein Geld, meine Uhr, meinen Hut und meinen Taschentuch genommen.« – »Wie kommen Sie aber zu dem Judennamen? Warum haben Sie sich ihn gegeben?« fragte er. – »Ich habe ihn mir nicht gegeben«, sage ich, »Moses Löwenthal hat ihn mich gegeben und Bexbacher, und ein Mitkollege von Ihnen hat ihn mir gesetzlich in den Paß geschrieben.« – »Erzählen Sie mal die ganze Geschichte«, sagt er.

Na, ich erzähl nun also auch, und er wurde ümmer freundlicher und zuletzt ordentlich lustig, und als ich ihm die Geschichte mit meinem Hut in dem Tiergarten erzähle, springt er auf, läuft aus der Tür und kommt mit einem Herrn wieder, der alle himmlischen Sterne und Kreuze auf einer sogenannten Heldenbrust trägt – wie ich mich das von Anno 13 und 15 her zu erinnern pflege –, und sagt zu mich: »Der Herr Polizeipresident!« – Ich stehe denn in der Höhe und mache ihm einen Diener und sage höflich: »Wohl der Öbberste von die Herren?« – Worauf er mir zutrauungsvoll und bereitwillig zunickte, darauf mich auf meinen Platz niederwinkte und höflich zu mir sagte: »Erzählen Sie mir auch die Geschichte, aber gründlich!«

Das tat ich denn nun auch, indem daß ich mit Moses Löwenthalen seinen Bläßten anfing und mit den zuletzt aufgeknöpften Extremitäten aufhörte.

Als ich zu Ende war, lachte er sehr freundlich und sagte zu dem Herrn Rewerendarius: »Rufen Sie mich mal Petschken hinein!«

Petschke kam. »Petschke«, sagte er, »wer mag wohl von unsern üblichen Bekannten um diese Jahreszeit einen Ökonomiker vorstellen?« – So'n Mensch wie Petschke weiß allens; er sagt also ohne Besinnung: »Herr Presendent, wenn ich's sagen soll, so is das kein anderer nich als Korl Pihmüller, denn der zieht sich ümmer zu Wullmarktszeiten mit Stulpenstiewweln an und fängt in ihnen die fremden Ökonomiker ein, wie sie in Polen die Affen in Pechstiewel fangen.« – »Schaffen Sie mir den Menschen«, sagt er. – »In fünf Minuten«, antwortet er und dreht sich um. – »Petschke«, sagt der Presendent und kloppt ihm auf die Schulter, »Sie sünd eine Stütze des Staats!«, und damit geht Petschke.

»Herr Entspekter«, sagt der Presendent zu mir, »Sie sind währenddessen in meiner Achtung gestiegen, denn Sie sind bloß ein erbärmlich betrogener Mann; wir müssen Sie aber telegrafieren!« – »Danke schön!« sage ich. »Von der Art habe ich nu genug. Heute morgen zum Koffee balbiert, zum Frühstück potografiert und nun zum Mittagessen telegrafiert!« – »Herr Entspekter«, sagt er, »hilft Ihnen nichts! – Wo wohnen Sie?« – »Zu Haunerwiem«, sage ich. – »Ist es 'ne Stadt?« sagt er. – »Nein«, sage ich, »es ist aber ein kleiner lebhafter Ort, zwei Meilen von der Schosseh, mit einem verlassenen Müllerhaus und zwei Tagelöhnerkaten.« – »Unter was for einer Gerichtsborkeit?« fragt er. – »Weiß ich nich«, sag ich, »die Tagelöhner kriegen ihre Prügel ümmer von's Patrimonial; das Müllerhaus, worin ich wohne, is noch nich in solche Lage gekommen.« – »Aber«, sagt er, »Sie müssen doch wissen, unter welchem Richter Sie stehen.« – »Herr Presendent«, sage ich, »Sie verlangen von mich zu viel! Sehn Sie, ich bün ein alter Mann und ein aufrichtiger Mann, aber Auskunft geben kann ich Sie nich; denn – sehn Sie – welche stehen unter der Justizkanzlei, welche unter dem Herrn Burgermeister, welche unter dem Patrimonial und welche unter dem Domanial, welche die unglücklichsten sünd, indem daß sie denn nich wissen, ob sie unter dem gnedigsten Herrn Landdrosten oder dem Herrn Amtmann oder unter einem jungen Auditer stehn.«

Der Herr Presendent ging bei diesen meinen Worten auf un dal und schüttelte mit den Kopp. »Herr«, sagte er endlich, »Sie scheinen mich mit Ihren landesüblichen Zuständen sehr bekannt zu sein; aber das hilft *uns* nich; wir müssen hier eine Attestierung Ihrer Qualifikation haben. Wie heißt Ihre nächste Stadt? Und haben Sie darin keinen wohlhabenden Mann, der sich für Ihre Eigenschaften verbürgen kann?« – »Meine nächste Stadt«, sage ich, »is Bramborg, wird buchstafiert ›N-e-u-B-r-a-n-d-e-n-b-u-r-g‹. Mein bester Freund darin ist ein gewisser – und ich nenne den Namen –, ein alter Mitkollege von mir, der sich im zurückgezogenen ökonomischen Zustand mit Schriften befleißigt, indem daß er davon seine Nahrung sucht.«

Hören Sie mal, indem daß ich dies sage, springt dieser Presendent in der Höhe und ruft dem Herrn Rewerendarius zu: »Holen Sie mich mal die Personalakten von diesem Gewissen«, und dauert auch nichts – denn sie wissen hier allens und sie haben hier allens –, kommt der Herr Rewerendarius mit ein Paket Akten in die Tür hinein, und hinter ihm kommen noch zwei andere Unterrewerendariussen her und legen auch zwei auf den Tisch, und der Herr Presendent fragt mich: »Wissen Sie, daß dieser Gewisse gesessen hat?« – Und ich sage: »Ja«, sage ich, »denn er fängt seine Geschichten ümmer an: Als ich noch auf der Hausvogtei saß, oder: Als ich noch auf dem Sülwerberg studierte.« – »Wissen Sie auch, warum er gesessen hat?« – »Nein«, sage ich. – »Glaub's«, sagt er, »er wird es nicht jedermann auf die Nase binden; aber hier« – und damit zeigte er auf die Akten –, »hier steht's all drin, wie er schon in seinem neunzehnten Jahre in seiner natürlichen Boshaftigkeit so weit ging, den Anfang seiner Missetaten mit der Umstürzung der ganzen preußischen Monarchie und des deutschen Bundestages zu beginnen, indem daß er am hellen lichten Tage auf einer deutschen Universität mit den deutschen Farben umherging. Hier in diesen Akten steht's, wie er dafor zum Tode durch das Beil verurteilt, nachher aber mit einer dreißigjährigen Gefängnisstrafe beschenkt worden ist, von die er aber leider nur sieben Jahre gesessen hat und darauf zur Freude seiner Angehörigen als abschreckendes Beispiel in die

Welt retuhr gestoßen worden ist. – Und einen solchen Menschen wollen Sie for sich zum Bürgen stellen?« – »Gott soll mich bewahren, Herr Presedent, nehmen Sie's nich übel, aber wie kann einer einem fünfzigjährigen Menschen es an der Nase ansehen, was er in seinem neunzehnten Jahre for Schauderhaftigkeiten begangen hat?« Und mich überschlich das beschämende Gefühl, wenn man sich vor einen Freund schämen muß.

»Ja«, sagt der Herr Presedent, »Sie müssen sich andere Bürgen versichern. Wissen Sie sonst keine?« – »Ja«, sag ich, »in Bramborg ist außerdem noch ein echter Hawanna-Zigarren-Importöhr und ein richtiger Musik-Kompositöhr, die mir die Echtheit und Richtigkeit bezeugen können; der eine heißt Fritzing Volkshagen und der andere Jöching Lehndorf.« – »Nu schweigen Sie rein still«, sagt der Presedent, »das sünd unsere brauchbaren Männer! Wollte Gott, wir hätten diese legitihmen, aufstrebenden Talente in unserm preußischen Staat! Die sünd uns sicher, und wir wollen Sie gleich an diese beiden telegrafieren.«

Na, währenddessen dies nun mit meinerseitigen entschiedenen Verdrießlichkeit vollzogen worden, kommt der berühmter Petschke in die Pohlizei hinein zu stehn und hat in jeder Hand einen Kerl beim Kragen. »Hier sünd sie!« sagt er: – »Welche sünd es?« fragt der Presedent. – »Der Ökonomiker mit die Stulpenstiewel is der besagte Pihmüller, und der Bundesbruder ist der vielfach bestrafte Zihmüller.« – »Na, das wußte ich schon«, sagte der Presedent – denn sie wissen hier allens – und stellte sich mit seine Stern, Kreuz, Kringel und Zwieback auf der hocherhobenen Heldenbrust grade wie ein neugegossenes Talglicht in der Höhe und fragte, als ob er ebenfalls zu Pferde gegossen auf den Ollen Fritzen sein Postament stünde, von oben herunter: »Korl Pihmüller, genannt Bohmöhler, kennst du mir und kennst du diesen hier vorstehenden Herrn Entspekter Bräsig?« – »Herr Presedent«, sagt er, »aus verschiedene Verhältnissen kenn ich Ihnen, und ich kenne auch den Herrn Entspekter Bräsig von dem Lama her in dem zotologischen Garten.« Und auch der andere Halunke war so gütig, mir zu kennen, un nu nenneten sie mir ümmer ümschichtig »lieber Kollege« und »lieber Bundesbruder« und »Bruder Bräsig«, was mir in Gegenwart von den Herrn Presendenten hellschen schanierlich war, indem daß er einen unredlichen Begriff von mir kriegen konnte.

Aber wo gung dieser Herr Presendent mit die beiden Spitzbuben um! Wie die Sau mit dem Bettelsack! – Ich habe all mein Lebtage keinen in Stulpenstiewel so heruntermachen gehört als diesen nachgemachten Entspekter Bohmöhler, mit Ausnahme von Knollen zu Rammelin seine Wirtschafter, wenn ihnen Knoll über die Landwirtschaft belehren tut.

Und nu der Bundesbruder! Dieser Krokodill griff wieder zu seine Tranen und stand da als Waddick un Weihdag', indem er bald mich und bald den Herrn Presendenten erbarmungswürdig ankuckte un dabei süfzte als ein Windaben, wo's Schott nich zugemacht is. Aber all seine Leidigkeit half ihn nichts, er sollte die Uhr rausgeben. – Die hätte er nich, sagte er. Und Bohmöhler sollte das Geld herausgeben. – Das hätte er auch nich, sagte er. Da stellte sich der Herr Presendent mitten in die Stube un wies mit der linken Hand auf die beiden kriminalischen Bösewichte und sagte ruhig: »Man führe ihnen ab.«

Na, dies geschah, und wie sie rausgebracht wurden, kam ein Telegraf hinein, der schon die Antwort von meine Bramborgschen Freunde brachte.

Jöching Lehndorf erklärte darin, ich sei ihm stellenweise von Perßohn bekannt geworden, und könne er mich bezeugen, daß ich seines Wissens keinen unmoralischen, wohl aber einen unmusikalischen Lebenswandel geführt hätte, indem daß ich mal in seinem musikalischen Konzert mich mit Johann Knüppel laut über meinen gnedigsten Herrn Grafen seine Kutschpferde unterhalten hätte; aber for einen offenbaren Spitzbuben hielte er mir dennoch nich.

Fritzing Volkshagen erklärte: er kennete mir sehr genau, indem daß er vermöge meiner Mithülfe allen Sandhäger Toback kaufe, der ihm durchaus zur Anfertigung der Importierten unentbehrlich sei; er stehe deshalb wohl for meine Moral ein, aber nich for meine etwanigen Schuldverhältnisse; dies könnte er nich, denn er wäre leider erst ein Anfänger. Wenn er es könnte, so könnte er es auch wohl tun, aber da er es nich könnte, so könnte er es auch nicht tun.

»Herr Entspekter Bräsig«, sagte der edle Presendent und reckte mir die Hand hin, »sehr gefreut, Ihre Bekanntschaft zu machen. Sie sünd nach dem Zeugnis dieser Ehrenmänner ein moralischer Karakter und können als solcher sogleich in Ihr geliebtes Vaterland zurückkehren. Mit Ihr Geld und Ihre Uhr sünd wir noch, wie Sie sehen, in Dunkelheit; kriegen wir sie, denn kriegen Sie sie.« – »Sünd in guter Hand, Herr Presendent«, sage ich höflich. – »Schön«, sagt er, »ich werde Ihnen nun einen Zwangspaß ausstellen« – so nennen sie in Preußen die vornehmsten und sichersten Regierungspässe –, »und Sie werden vermöge dessen binnen zwei Stunden Berlin und die königlichen Staaten verlassen. Reisen Sie mit Gott! Aber, warten Sie, erst will ich mir die beiden Juden noch kaufen.«

Somit wurde denn Moses Löwenthal und mein Jugendfreund Bexbacher hereingebracht.

Gott im Himmel! Wo ging der edle Presendent mit diese beiden Glaubensgenossen um!

Ich will das nicht weiter verpuplizieren; aber Moses hatte dicke Schwitztropfen auf der Stirne, und Bexbacher rief alle Heiligen des jüdischen Kalenders an, um aus der Fitalität herauszukommen.

»Meine Herrn«, sagte der Herr Presendent zuletzt, »Sie haben es diesem moralischen Manne zu danken; wäre dieser z. B. ein Schinderhannes oder ein Käsebier, so würden Sie als Helfershelfer nach Landrecht Nummer soundso zu zirka elf Jahren und einen halben Monat verurteilt; aber weil Sie mit einer so ausgezeichneten Perßönlichkeit zu tun hatten« – da meinte er mir mit –, »sei Ihnen die Strafe in Gnaden erlassen.« Dies sagte er, und als er dies sagte, richtete ich mir im gerechten Wohlgefühle der moralischen Anwandlung in der Höhe, indem daß ich die mich verführte Judenpackasche von oben ansah, was mich sauer ankam, denn Bexbacher war lang verstiepert.

Aber knappemang hatte ich mich über die Juden und Judengenossen erhoben, so kam ein Mensch in die Türe hinein zu stehen und sagte: »Herr Presendent, ich presentiere Ihnen hier das wohlgetroffene Portrett des berüchtigten Raubmörders.« Gott soll mich bewahren! Zeigt der Kerl mein Gesicht mit sämtliche Pockennarben und sämtliche Schwammproppens den erstaunten Anwesenden vor und kuckt mir an, als wäre ich einer, der mit's Messer auf die Leute ginge.

»Herr Presendent!« sage ich.

»Schweigen Sie«, sagt er, »Sie werden mit mir zufrieden sein. – Dieses Ihr Bildnis könnte ich als Illustrierung und Instruierung in mein Provatkabinett mit die übrigen Spitzbuben zusammen hängen, aber ich achte Sie, ich ehre Sie, ich schenke es Ihnen zum ewigen Andenken. – Bexbacher, Sie können gehn, vorher bezahlen Sie aber sämtliche Kosten; Moses Löwenthal, Sie können auch gehen, aber sofortig zur Eiserbahn, und bezahlen for sich und den Herrn Entspekter Bräsig die Eiserbahn und die Post, auch etwaige Verzehrungsgegenstände. Und damit dies sicher geschieht, werde ich Ihnen einen mitgeben, der Sie alle beide da richtig rüberbringt. For diesen sichern Menschen bezahlen Sie Post, Eiserbahn und Verzehrungsgegenstände hin und zurück, und nun reisen Sie innerhalb zwei Stunden mit Gott und dem Schutzmann. – Herr Entspekter«, sagte er darauf zu mir, »behalten Sie mir in guten Andenken.«

»Herr Presendent«, sage ich, »sollten Sie mal nach Haunerwiem ins Meckelnburgsche kommen...«

»... spreche ich bei Sie vor!« sagte er. Damit schüttelten wir uns die Hände und schieden mit gegenseitiger Hochachtung. –

Was is nun noch viel zu sagen? In Zeit von zwei Stunden saßen wir auf der Eiserbahn. Der mitgegebener Schutzmann war eben so hungrig und durstig wie ich; auf jede Statschon wurde ein Seidel Bier vertilgt, und wenn mein betrübter Newöh ein sauer Gesicht machte, indem daß er bezahlen mußte, denn tröstete ihn der Schutzmann ümmer: »Herr Moses Löwenthal, Strafe muß sin! Worum haben Sie den Freund von unsern Herrn Polezeipresendenten unwissentlich zu die Judenschaft verführt!«

So kommen wir denn gegen Wolfshagen, wo sich die Scheidung der meckelnburgschen und preußschen Grenze begibt; hier sagte uns der Schutzmann adjöh, und mit würklicher Wehmütigkeit trennte ich mir von dem Mann, der so liebreich for unser sicheres Fortkommen gesorgt hatte. Aber es dauerte nicht lange. Möglich, daß es das vaterländische Gefühl war, möglich, daß es die mannigfaltigen konsumtierten Bierseidel waren – ich kam in eine große Lustigkeit, so daß ich das Singen kriegte, wobei zwei junge Dams, die mit in den Postwagen saßen, ümmer zusammenfuhren, as wenn ein Gewitter in der Luft wär. Ich rechne das auf ihre Nerven; und ihre Nerven rechne ich wieder auf die neumodischen Kreolinen, wo eine Verkühlung nicht ausbleiben kann.

So sung ich mir durch die kleine, aber ungebildete Stadt Woldegk hindurch bis gegen Bramborg, und als wir da bei's Posthaus vorgefahren und ausgestiegen waren, sagt Moses, indem daß er hellschen dallohrig aussah und so vermisquemt as en Pott vull Müs': »Herr Entspekter«, sagt er, »is das gewesen ein Geschäft! Hätt ich gewesen ein unmoralischer Freund, oder hätt ich selbst gewesen ein Christ, oder hätt ich Ihnen bloß einspunnen lassen in Berlin, hätt ich gemacht ein groß Geschäft. – Was soll ich sagen zu Hause? – Sie meinen doch nicht, daß ich soll nehmen für mein Geld noch 'ne Extrapost über Haunerwiem nach Wahren? Wir werden uns doch woll hüten! – Wir bleiben die Nacht hier, und ich telegrafier, daß sie mich schicken meinen eignen Wagen – kost't mich acht Groschen –, und ich bleib bei Bäcker Zwippelmannen.« – »Tun Sie das, Moses«, sag ich, »ich geh in den goldnen Knop.« Und ich geh, und als ich so geh, kommt mich einer von meine Retters entgegen, Fritzing Volkshagen, und reicht mir einen freundschaftlichen Händedruck und sagt: »Herr Entspekter, nehmen Sie's mich nich übel; aber ich könnte nich. Ich hätte in meine Verhältnissen und ich könnte in meine

Umständen...« – »Lassen Sie das!« sage ich. »Ihr Telegraf hat mich rausgerissen, und Sie haben als Freund an mir gehandelt.« – Un als wir über den Mark gehen, kömmt Jöching Lehndorf anzulaufen – denn er läuft immer wegen seiner notgedrungenen Provatstunden – und sagt: »Nich übelnehmen; aber als ehrlicher Mann – nich anders als unmusikalisch zu taxieren...« – »Schon gut!« sage ich und sag ihm dasselbe wie dem andern, und so gehn wir in den Knop.

Knappemang sitze ich nu hier mang verschiedene Dokters und junge Avkaten und genieße ein Bifstück – denn ich bün for Hausmannskost und kein leckermäuligter Bourbong, der ümmer was Separates haben muß –, dunn kommt der Gewisse auch an, und als er mich sieht, sagt er auf gewöhnlich Plattdeutsch – denn das ist seine entfahmtigte Mode, daß er sich ümmer in plattdeutsche Redensarten unterhält und nich in einem gebildeten, hochdeutschen Stiele –, sagt er also auf Plattdeutsch: »Gun Abend, Unkel Bräsig! Wat maken Sei, oll Fründ?« – Sehn Sie, als er mir dies in Gegenwart von die gebildeten Dokters un junge Avkaten sagte, wurde mir inwendig doch so steinpöttig zu Sinn, und ich kuck ihn grad in die Fisasche und sage: »Freund? Freund? – Dieses noch lange nicht! – Und for das Gewesene gibt der Jude nichts.« – Da sah er mir mit ein hellisch langes Gesicht an und frug: »Wo so? Wo ans?« – Da stand ich hinter mein Bifstück auf und sagte: »Jeder gebildete Ökonomiker befleißigt sich mit seiner hochdeutschen Muttersprache, und wenn mir einer von meine Mitkollegen – und wär er auch man soso – in einer gebildeten Gesellschaft von anwesende Herrn Doktors un Avkaten mit plattdeutsche Redensarten unter die Augen geht, denn taxiert er mir for einen Hawjungen und ich ihn wieder. – Und Freund? Freund?« – da drehte ich mir zur Gesellschaft um –, »meine Herrens, nennen Sie *das* einen Freund, vor den man sich vor dem Herrn Polezeipresendenten in Berlin schanieren muß? Estimieren Sie *das* for einen Freund, der mit neunzehn Jahren die ganze preußsche Monarchie und den wohllöblichen Bundestag hat umstürzen wollen? Taxieren Sie den for einen Freund, der einen durch seine Bürgschaft in offenbaren, heimlichen Königsmord verwickeln kann? – Gehn Sie«, sag ich und dreh mir wieder zu dem Judas um, »Sie passen nich mit Ihre Freundschaft und erst recht nich mit Ihre plattdeutschen Redensarten in diese anwesende gebildete Gesellschaft, Sie sünd hier das föft Rad an'n Wagen!«

Da grifflacht mich dieser Gewisse so venynschen in das Gesicht hinein und gung im begossenen Zustand aus der Tür, und ich sah ihm das deutlich an, daß er mich hinterrücks einen Lack anhängen würde – was er auch mit dem Affenkasten und dem Grünanmalen getan hat –, aber die Herren Anwesenden freuten sich über meine Geistesgegenwart, und der eine sagte: »Der hat seinen richtigen Tappen!«, und der andere sagte: »Schaden schadt ihm das nichts«, und der dritte sagte: »Wo zog er Pahl!«, und ich sagte: »Dor rük an!« – Un dauert nich lange, da stießen sie mit mir an, und wir wurden alle eine Herzlichkeit und eine Seligkeit, und als ich zu Bett gung, hatte ich statt dieses einen falschen Freundes sieben richtige, und zwarsten lauter gebildete, hochdeutschen und ein heimlicher Königsmörder war da nich mang.

Nu sitze ich wieder auf meinem hochgräflichen Wohnsitz in dem alten Müllerhaus zu Haunerwiem und lese in den Herrn Pastor seinen Staatskalender von Anno 37, aber indem ich nun so viele Schosen erlebt habe, is mir dabei nicht mehr so interessant zu Sinn; ich lege männigmal das Buch beiseite und rufe mir die mannigfachsten freudigen Ereignisse auf der Reise und in Berlin in meine Besinnung oder beseh mir mein Portrett, was an der Wand hängt und zu meinem Geburtstag mit einem Evakranz von meine olle Mariken frisch aufgeziert is. Es ist dies ein teures Angedenken, indem daß ich Uhr und Geld nicht wieder gekriegt habe. – Die Kerls sitzen aber.

In die langen Winterabenden habe ich dies aufgeschrieben als würkliche Begebenheiten. – Nun tun Sie mir den Gefallen und machen Sie's bekannt; aber so, daß sich ein Gewisser grimmig darüber ärgert.

Zu Dienst und Gegendienst bereit
Ihr ergebenster
Zacharias Bräsig, immeritierter Entspekter.

Haunerwiem, den 1. May 1861. – Was 'ne hellisch schlechte Jahreszeit for diese Temperatur is.

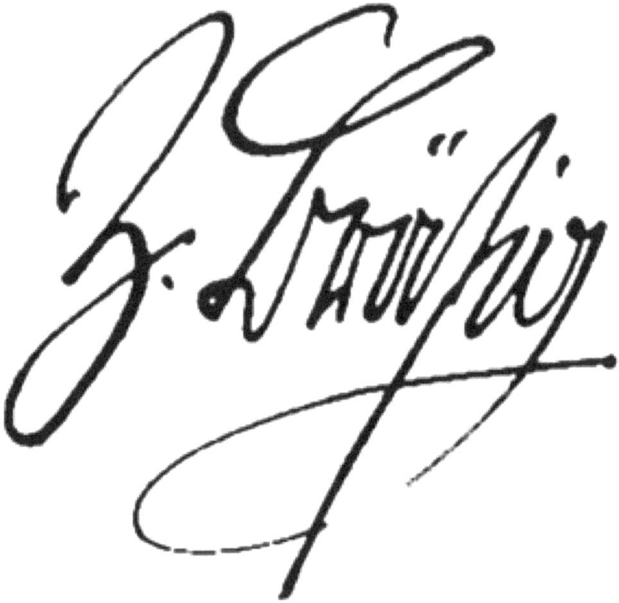

Über tredition

Eigenes Buch veröffentlichen

tredition wurde 2006 in Hamburg gegründet und hat seither mehrere tausend Buchtitel veröffentlicht. Autoren veröffentlichen in wenigen leichten Schritten gedruckte Bücher, e-Books und audio-Books. tredition hat das Ziel, die beste und fairste Veröffentlichungsmöglichkeit für Autoren zu bieten.

tredition wurde mit der Erkenntnis gegründet, dass nur etwa jedes 200. bei Verlagen eingereichte Manuskript veröffentlicht wird. Dabei hat jedes Buch seinen Markt, also seine Leser. tredition sorgt dafür, dass für jedes Buch die Leserschaft auch erreicht wird.

Im einzigartigen Literatur-Netzwerk von tredition bieten zahlreiche Literatur-Partner (das sind Lektoren, Übersetzer, Hörbuchsprecher und Illustratoren) ihre Dienstleistung an, um Manuskripte zu verbessern oder die Vielfalt zu erhöhen. Autoren vereinbaren direkt mit den Literatur-Partnern die Konditionen ihrer Zusammenarbeit und partizipieren gemeinsam am Erfolg des Buches.

Das gesamte Verlagsprogramm von tredition ist bei allen stationären Buchhandlungen und Online-Buchhändlern wie z. B. Amazon erhältlich. e-Books stehen bei den führenden Online-Portalen (z. B. iBookstore von Apple oder Kindle von Amazon) zum Verkauf.

Einfach leicht ein Buch veröffentlichen: **www.tredition.de**

Eigene Buchreihe oder eigenen Verlag gründen

Seit 2009 bietet tredition sein Verlagskonzept auch als sogenanntes "White-Label" an. Das bedeutet, dass andere Unternehmen, Institutionen und Personen risikofrei und unkompliziert selbst zum Herausgeber von Büchern und Buchreihen unter eigener Marke werden können. tredition übernimmt dabei das komplette Herstellungs- und Distributionsrisiko.

Zahlreiche Zeitschriften-, Zeitungs- und Buchverlage, Universitäten, Forschungseinrichtungen u.v.m. nutzen diese Dienstleistung von tredition, um unter eigener Marke ohne Risiko Bücher zu verlegen.

Alle Informationen im Internet: **www.tredition.de/fuer-verlage**

tredition wurde mit mehreren Innovationspreisen ausgezeichnet, u. a. mit dem Webfuture Award und dem Innovationspreis der Buch Digitale.

tredition ist Mitglied im Börsenverein des Deutschen Buchhandels.

Dieses Werk elektronisch lesen

Dieses Werk ist Teil der Gutenberg-DE Edition DVD. Diese enthält das komplette Archiv des Projekt Gutenberg-DE. Die DVD ist im Internet erhältlich auf **http://gutenbergshop.abc.de**

Zeitfracht Medien GmbH
Ferdinand-Jühlke-Straße 7
99095 Erfurt, Deutschland
produktsicherheit@kolibri360.de